Der Tod und das Mädchen Elfriede Jelinek

死亡与少女

〔奥〕埃尔弗里德·耶利内克 著

魏育青 王滨滨 译

人民文学出版社
PEOPLE'S LITERATURE PUBLISHING HOUSE

著作权合同登记号 图字 01-2019-8096

图书在版编目(CIP)数据

死亡与少女 / (奥) 埃尔弗里德·耶利内克著;魏育青,王滨滨译. —北京:人民文学出版社,2020
(中经典精选)
ISBN 978-7-02-016056-3

Ⅰ. ①死… Ⅱ. ①埃… ②魏… ③王… Ⅲ. ①中篇小说-奥地利-现代 Ⅳ. ①I521.45

中国版本图书馆 CIP 数据核字(2020)第 014881 号

总 策 划 **黄育海**
责任编辑 **卜艳冰 周 展**
封面设计 **汪佳诗**

出版发行 **人民文学出版社**
社 址 **北京市朝内大街 166 号**
邮政编码 **100705**
网 址 **www.rw-cn.com**

印 制 **上海利丰雅高印刷有限公司**
经 销 **全国新华书店等**

开 本 **889×1194 毫米 1/32**
印 张 **4.25**
字 数 **55 千字**
版 次 **2020 年 9 月北京第 1 版**
印 次 **2020 年 9 月第 1 次印刷**

书 号 **978-7-02-016056-3**
定 价 **48.00 元**

如有印装质量问题,请与本社图书销售中心调换。电话:010-65233595

中经典
精选

Novella

两个巨人，稻草人模样，却全是毛线钩织再加上填充料而成。一个是白雪公主，另一个是戴帽持枪的猎人。两人正在静静地交谈。画外音传来，略有变调。

白雪公主 在这弯弯曲曲的森林小路上，我不知已经走了多少年。找不到什么吗？找不到小矮人！据说，小矮人性情随和，这点很像我们，但外形不同。您呢，先生，看来是这样一个人：外形与我相近，但性情就不怎么随和了。也许是因为您肩负重任的缘故吧。存在的要澄清，正确的要判断，做这些肯定麻烦得很。我管的事情就容易多了。我花容月貌，所以总是成功。后来，我又满腔热情去寻求更多的成功，结果跌进了继母的陷阱。她趁我不备，出其不意地抓住了我，不久就用毒苹果害死了我。说什么自作自受，她为别人挖了个坑，自己却没有掉进去。打那以后，我就在寻求真理，包括在语言方面。看来大家对这一切都极有兴趣，不然我的故事就不会流传几百年了。真不明白，这故事有啥好玩，哪点动人？我似乎必须不断地爬上去，然后再跌下来，从女人手里跌下来。这种例外还不错，可死亡不是这样的例外。死神总是作为男人降临，然后又不像是男人了。他潜伏在那里等我们，令人讨厌地冒出来，总是在我们——就拿我作例子吧——快成功的当儿来捣乱，阻止我们成功，迫使我们出局，连一句安慰话也没有。

猎人 也许是你自己误入了歧途？我给你提个建议吧：别再把自己当成避难所。这样就不会错过真理了。你一直在寻找这真理。我在林子里看见真理好几回了，它有时以无助者的形象出现，有时酷似掘墓人，暗地里为人、为野兽掘墓。为野兽掘墓者与我无关，因为我总是把打死的猎物带走，埋在地底下太可惜了。你找到了什么却不扔给真理充饥，你也没有捕猎的经验，因为你自己就是猎物。这样，真理当然一有机会就从你身边溜掉了。你的故事版本我才不信呢，小姐。可怜的真理，它不可能绕着圈子躲你。你设身处地替它想想：它要是突然遇见一个你这样的、衣着完全不适合森林生活——在这点上我毕竟还在行——的女人，那感觉一定是像被公交车的大光灯照花了眼。这样的女人现在打听起某个或者某些戴着帽子的人来，我估计谁也不会去戴那样的帽子。戴上那样的帽子像什么！你最好还是拿我的帽子做样子吧，你，还有你找的那些人，应该戴我这样的帽子！上面插着漂亮的公琴鸡羽毛，棒极了，不是吗？拜托，千万别戴什么尖角帽！身材矮小，却偏要用这玩意儿让自己显得高大！高跟鞋，特制鞋垫，还梳起高高的发型，像水泥浇的！难怪真理不愿和这样的家伙同流合污！真理为什么还要化身为七个人齐刷刷地登场呢，如果大家甚至都不愿让它独自安静地经过？为什么不让它经过，虽然这样一来，事情本来就结了，人们就又能讲童话故事了？真理之所以变得如此胆怯，就是因为谁都想去抓它。

而且你现在还到处挡它的道。你听着，对我们这帮在荒郊野地里到处转悠的人来说，你的美貌并没有什么太了不起。我们每周都在冰封的湖面上举行一次双人溜冰表演。美丽和真理也来参加，这样它俩就能增进了解。你不想加入吗，小姐？没准在真理和美丽之间，你会更喜欢前者呢？对你来说，换换口味也不错！可以咂咂地吮吸美丽，就像一种体验，但过后也就把它和真理，把这为了不在冰面上摔倒而搂抱着的一对儿给忘了。细想下来，我觉得七个小矮人作为真理其实也不赖，因为他们既然个子这么小，那么也许就该自我复制，这样别人才能发现他们是真理。他们头上的帽子就够显眼的了！一点不错：真理是挂满帽子的衣架！至于美丽么，它可不愿戴上那样的帽子，以免被人取笑，从而自己成为自己的敌人。真理是存在的歧途。你，小姐，也误入歧途了，你要是以为能看见我，你就错了。我是看不见的。假如我是看得见的，那么我就是不存在的，你同样也就看不见我。总之，你能不能认出我来，都无所谓。也许当年你也错了，你认为我是你的真理之一，但这只是由于你没看见我！对，无论在什么情况下，我都不属于你的真理！你还没看见我就傻乎乎地和我搭讪，奉劝你在这样做之前最好仔细瞧瞧我的帽子！我是死神，就这么简单。死亡是最后的真理。如此看来，你来找我也未尝没有道理。我喜欢这样的说法：死亡是终极真理，所以不想了解自己本身。此言差矣。死亡是视而不见的动物的弱点。在它的冷漠的笼罩下，人随波逐流，最后连自己是谁都不知道了。但人还是得死，即使已失去知觉还得死。死亡是对你的弱点视而不见。不过，可得小心！正如我说过的那样，你看不见的并不就是死亡。所以，凡事只要涉及我，你永远不会有把握。化装成猎人确实不算别具一格。面对你漠然的、而且还是盲目的信仰，我都有点不寒而栗。你可别硬要把秘密告诉我，不过我已经知道，我是阻挡不了你的。你果真相信，如果能看见死亡，有谁会愿意和它交往吗？即使是，举个例子吧，用反正要捐献出来的、未被掩埋的动物做菜，交往一顿晚饭的工夫？瞧，这不就结了！我不能说，我因此想和真理打交道。不，真的不能！真理除了自己本身，对其他一切都不在乎。但眼下没有谁能比我更好地扮演真理。就是说，我得继续扮演下去，但我不知道自己是否还在扮演。我早就想撂挑子了，但没法子，只得干。只有一个真理，最后的真理，被我留下了做样板，之前所有的真理都未能逃过我和我手中的猎枪。在这方面，我做事决不马虎。最后的真理不怎么显眼，但我一直对它细加端详，为了弄明白我自己是谁。大约和传说中你的小矮人一般高。不过，我勤奋努力，通过自学得以崛起，现在充满自信地迈入了生活，就像滑上冰封的湖面。

白雪公主　是啊，生活要从各个方面去欣赏和观察，你难道不这样认为？生活其实是美好的。即便是细枝末节，我们也不应视之为渺小。小的若是找不到，我也可以去找大的，找你自称代表的伟大。还有什么比死亡更伟大呢，它对我们有百害而无一利，即使它的味道像史密斯奶奶苹果[①]一样香甜。虫子在苹

---

① 史密斯奶奶苹果（Granny Smith-Apfel），是澳大利亚的一种青绿色苹果。

果里开拓疆土，死亡在这保险柜里安居乐业，它在里面不急不忙地啮噬着前进，根本的东西被打开了，同时又被关闭了：这是存在本身。喂，我问你好！哎，这不是一桩好买卖！我的肠线被发霉的水果弄得走调了，像我存在的基调一样，绷得紧紧的，但就是走调。一种可悲的命运，一种体虚引起的便秘。还有，登山是伟大的社会使命，遗憾的却是可登之山很难找。这些山充其量是中等丘陵，是中等丘陵的门槛，也许可以跨过去而毫发无损。现在我要向存在保险公司报告损失，然后还要像自动选台似的找人，因为我失去知觉好久了，继母把这解释为死亡和乏力。她错了。何况，恰恰是乏力者最需要力量。也许她要杀死我，就是因为担心我会站起来，转眼变成数一数二的权欲熏心者，就是说，怕我会和她争夺那些她老喜欢挂满周身的东西。那全是些一文不值的小玩意儿！确实有这么一个娘儿们，她远不及我漂亮活泼，岁数也比我大，为了这她肯定连睡梦里也气不打一处来。她一本正经地要夺走我的天生丽质！她以为美丽会投奔她，因为美丽待在死人那里会感到无聊，因为美丽要永远待在世上，最好待在杂志的画页上，画页翻来翻去比一般的树叶掉得还快。继母不能容忍在我的美丽面前变得无力这种事情发生，于是就想干脆用一个苹果毁掉我施展力量的法宝。苹果对苹果般的脸蛋儿！你想想看：天然的对天然的。

一场泰坦尼娅[①]大战爆发了。其实，哪里用得着大动干戈，只消往我面前一站，不让别人看见我的容貌，我的力量就丧失了！小矮人是个例外，因为他们个子比我小。所以打那以后，我只找小矮人。你听我说，这可不是件容易的事。为了小矮人，我情愿上床躺下，让他们也有机会体验一回自尊。也为了气气继母，她关于“谁”的问题已经把人分成了三六九等，规定了谁可以、谁不可以。她可以，我不可以。因为我天香国色、容华绝世，因为她作为对手心里嫉妒。小矮人可以，这只是因为她从没见过小矮人。不过，她却警告我要留神小矮人！

猎人　在我这儿，你肯定找不到他们，找不到你的那些小矮人！我是负责开放的官员，我不管其中可能产生的纠葛。当然在开放中，我也发现了些什么，一个尖角，一批动物状的东西——我向你保证，对第二批，我已远远没有手中气喘吁吁、垂涎欲滴的猎枪那么渴望了。不，应该倒过来说，其实我更愿意把开放保留在体内，把开放像塑料碗碟一样收藏起来。所以我当上了猎人。所以我对你偏偏在这林子里寻找的侏儒真理不感兴趣。我是谎言巨人。我清除万有，用我那无所不包的清除

① 泰坦尼娅（Titania），中世纪传说中的仙后。

程序。不过我在真理手下当过学徒，所以万不得已时也能扮演真理，以至于我们——也就是你，甚至包括我自己——都以为我就是真理，而且是市面上硕果仅存的最后真理。我这样断言以维护自身，已经有些年头了。我的生活是这样的：在候猎处悄悄地候着，在飞禽走兽面前假装成木架子，扣下扳机撂倒几个像自己一样的巨人。一个生命终结了，看哪，它是一盘熟菜，不必怕什么判官。唯一不怕判官的是死神。不论我在何时何地漫游，都是合法的，即使在我有兴致突然加速、迈开套着厚袜的双脚一步跨越死亡河时，也是如此。

白雪公主　那么，你倒是说说看，我为什么还在，为什么还没有像继母希望的那样化为乌有，为什么没被人用苹果砸得从哪儿来还回哪儿去？我想，这是因为我别无选择，只能存在，为自己而独自存在。我继母则总要为他人而生，她频频顾镜自怜，好像自己至少和美貌相依为命似的。对她来说，我的存在是眼中钉，这眼只想看到自己。镜子并非意味着“为什么”，而是意味着“什么”，意味着“你们究竟还想要什么”。我也照镜子，我照故我在，而且还在她之前。说到美貌，白雪公主名列榜首，继母永远屈居第二。镜子敞亮胸怀，犹如橱门洞开，惊讶地看着是谁进来。捷足先登的总是我！艳光四射，地上的旧报纸谁还去看！在那日久褪色的报纸上，是我这样的人。人不能既在场同时又缺席，哦，也许你能这样，我可不行。这对镜子和继母来说已是一大堆问题，一本刚打开的问题集，配有五彩插图，全是我的。告诉你，她可气坏了！一本问题集，里面有答案和奖品。问题怒吼着集体越狱，它们挣脱身上细细的绳索，四散而去。就是这样。那个我永远不该称作妈妈的女人，她提的问题从不考虑到我，总是干脆超越我的存在，显得那么高傲，那么虚空。她本来至少能把我的存在像地毯一样摊开，好好利用的。你得知道，王宫里的地面踩上去是冰凉的。但一点这样的痕迹也没有，我的痕迹都得抹掉！现在本该让思想发出柔嫩的声音。这的确是一种不错的爱好，只是要有点儿惊讶为前提。可是，虚荣的女人如此自信，一直在追问镜子却以为照镜子是多此一举，因为她知道自己天姿国色、绝世无双，请问，这样的女人哪个有必要去深究奥秘呢？对啊，这不明摆着嘛。她追问镜子一些无法追问的事情，把无法穷尽的东西当作馅，硬往答案中塞，而答案她其实想都不用想，早就心中有数了。这种馅饼是做不成的，我要是早告诉她就好了。结果她想出了什么馊主意？用苹果毒死我！我跟你说，有好多死法比这更舒服，但几乎没有比这更别具一格的。我的死法根本就不是什么法，难道就这样把人害死也算什么法吗？不过你现在也看到了，我其实没有死。我对你说这些干什么，你是行家里手！好，言归正传，回到原位。你走开吧！让小矮人过来！

猎人（端起枪瞄准她） 什么，矮子先生能做的，我就不能做？无论什么都不行？森林当然谁都有份，不过按原先的规定，森林为我和我的猎物所独有。我也愿意和那些小不点儿交朋友，假如有时间的话。可是我没时间，所以从别的活物那里弄时间。我宣布什么时候时间结束，然后拿走本来属于它们的剩余时间。这些剩余时间总是转眼又用完了。你知道吗，死神靠别人的时间为生，所以总是如饥似渴。自己的时间毕竟入不敷出。用别人的时间去游荡同样难以持久。临了，人总免不了还是人。我指的就是你对你继母的评价。我有这样的感觉，你的继母——这女人总爱插手我的事——让你最讨厌的是，她明摆着以为自己无所不知，答案无所不晓，以为能通过理性成为统辖理性的女王。要是换了我的话，也会觉得她让我神经受不了——假如我有神经的话。因为这太荒唐了，就像一家购物中心，明明到了晚上就关门，却还在夜里自称“购物中心”。

白雪公主（用手遮住双眼） 你这样可不行！太过分了！你一直在用什么对着我？手电筒？你得想想，我的眼睛还没恢复过来，刚才看见了对你来说当然再熟悉不过的特制死神，就像看见了光芒四射的隧道口，我这会儿还眼花着呢。难道没见我眯着眼睛吗？躲一边去好不好！没准你把小矮人都挡住几个小时了，我可是和他们约好了见面的。或许你本该给我详细的地址，却在有意推延我们告别的时刻？是我的命运命你前来的吗？我只知道，是越过七座山来的。这些人真马虎，电话口授也不说清楚，从不等待，不管听写的人听没听懂。对了，我慢慢地喜欢躺着了，觉得这要比坐着舒服。中毒后到这会儿还浑身乏力呢。我身上的恶毒也该睡了。民众应该缓和自己的行为，以达到自己的目的。至少遇见深层次问题时不要躁动不安。遇见无法解释的事情，就应该让它在解释的地基上安息，直到地下蹿出的花朵踢它的屁股。到那时，就该劳驾它起身为我们启蒙，让我们能对存在的事物有个概念。好吧，我的愿望到此为止。长得俊俏，穿衣服就不妨收敛点。有自由活动空间，就得马上给出事物的概念，即使对事物的大小还根本没概念。小矮人算小了吧，但他们对我的收敛却不屑一顾。据说，他们别的不要，就要绝色美女，为了日子过得滋润，能展现自己的无拘无束，如有需要也可以在户外，在草地上，他们都会连遮羞都顾不上，急不可耐地奔过来扑到我身上，而且是齐刷刷地一起扑上来。你不知道，这话我听了有多少遍！这都是继母为我设想的场景，她就这样吓唬了我好几年！她还说，小矮人如愿以偿后并不懂感激，他们和别的生灵一样忘恩负义。你还在往我脸上照什么光？这细细长长的究竟是什么玩意儿？怎么才能关掉它？

猎人　要我说，这玩意儿不一定非叫手电筒不可。其实它是用来吹灭亮光的。黑咕隆咚的森林里会冒出些生灵，它们以为自己能使群魔乱舞，或者说，唤起活跃的精神生活。这对我没用！能挡住我吗！赛车俱乐部的跑道上，理性正在和“信仰”这条永远不愁无处施展的狗斗法。汪汪汪，隆隆隆，怒吼声，哀号声，真可惜，我没法向你演示这壮观场面。不过，我没带猎狗，没必要带。就这样，理性和信仰，两者斗得血肉横飞，难解难分。“精神生活”这家铺子就此开张，你在那里能买到鞋带，能听到断断续续的祷告，还能弄到一块五十厘米见方的地基，不能建立真理的地基，现在它属于你了，即使你要彻底重建你的真理，彻底拒绝我的真理——尽管我说过，这是库存的最后一份真理——它也属于你了。那么，在这场商品对地基、信仰对理性的斗争中，谁是胜者呢？是——动——物，它使自己所谓的地位得到了最有力的证实，直到更厉害的动物出现。存在是只小火炉，它还在燃烧，在周日的夜幕下燃烧。一个披着长睡衣的女人出现了，给每个周日都抹上了败笔。抱歉，我不知道该如何描写你的长袍，不过也没什么关系，黑夜能洞穿一切，现在我把它给你带来了。（开枪打死了白雪公主。对她的尸体说）有些女人总是鼓捣出些银幕人物来，作为自己的形象楷模，面对死亡就吓得往后退；你也是她们中的一员吗？面对死亡就吓得往后退，这可帮不了你的忙，我保证死亡会追上你的。你不过是个女孩，光着脚站在草丛里，光脚站那儿太凉了。穿着寿衣就不该在林子里四处闲逛。不过对你来说，这样倒也方便省事，直接就穿着那玩意儿不必脱了。无所谓啦，我说过，反正鄙人对女士以及她们变化无常的时装一窍不通。不管怎样说，这猎物我留下不带走了。我只是拿走了她的时间，这就足够了，时间是她身上最危险的物件。假如刚才再晚上五分钟，我没准儿就被说动了心，让自己变小了。当然，她现在躺在这儿，做什么也无能为力了，因为话也可以反过来说：美人儿最怕的不是别的，就是时间。别盖上土。土太轻了①。

背上猎枪离去。

在他身后，七个小矮人出现了。他们围在白雪公主身边。

---

① Keine Erde drüber. Die wäre zu leicht，影射西方流传的挽词“愿盖在你身上的泥土轻盈”，可上溯至古罗马诗人提布卢斯悼念一个姑娘的诗句。

七个小矮人　怎么事情老这样！她去了，善良的姑娘。假如她不把地图一直倒着拿，本来是能够及时找到我们的。美人儿误以为是深谷的地方，实际上却是高山。只有善良才能移山，信仰有时也能，而美丽是说什么也移不了山的。美人儿会远远地错过高山，尽管山有七座呢。山还在原处，只可惜美人儿找错了地方。算了，无所谓啦。这样也好，那样也罢，我们该干多少活还得干多少活。我们总得摆出干劲冲天的样子来，把别人的垃圾弄干净。有时我们会寻思，干脆咱也死上一回，让别人从我们这些好玩的形象身上看到，死亡其实并不如他们想象的那么好玩。

他们把白雪公主放在玻璃棺材中，抬走了。

死亡与少女

Ⅱ

（睡美人）

公主 我的生存方式[①]就是睡眠，所以生命是我的逻辑界限。但我的生存方式也许只有等待，等待被亲吻的那一天。等待就是要换一种活法[②]？是在存在暂停时？不，还不如说是在它延长时！某个王子，往前走，还有一个门！我倒是想有所体验，可我醒不了也动弹不得。问题是：您到底是不是我要等的那个吻我的人？我最好还是别提这个问题，因为连我自己也不知道一旦醒了我是谁？其间我也许死了。也就是说我目前仍是死人。但是我不能像其他人那样消于死亡、归于虚无，而是交给我，相反，一项任务，要把死亡拖进自己体内，直到我要爆裂。可以说死亡是我生存的法律顾问和常数，为的是跨越死亡鸿沟，让我每天都重新获得存在的机会。为什么偏偏让我甚至在死亡

① das Dasein，该词不会让人想到海德格尔的“行话”，但和后面一个词对应起来就能联想到他的“此在”。

② Warten als ein auf ein Anders Sein aus sein，直译即“等待是旨在成为他人的一种在”。

中还要如此劳累、到头来除了死还是死？下一个问题：人醒后是什么？您会吻谁？我以前从未见过您。我怎么知道您原来是谁？我可是丧失了与生命的联系。虽然存在无与伦比，可人能干什么？人根本就没有比较的可能。您就这么来了，说您是王子。好吧，您也许就是王子，因为我眼下像是醒着，这只有您办得到，F 太太当初就告诉过我了。随便您是谁，我反正得给什么要什么。我不是在说梦话，我也有醒的时候。显然现在我是真醒了。这个 F 太太预言说对此就连我体内的灵魂都无法忍受多久！做这类事这些算命的还收钱，简直不可思议！既然连我的灵魂都做不到的事，我亲爱的王子先生，您又如何忍受得了！您能告诉我我是谁吗？我可已从吻中猜到您是谁了。在这点上我可是领先您一步。您只是叫王子还是您是王子？废话。您一定是王子，看看上面，否则我不还在睡嘛。但您究竟是谁？您想统治哪个国家？我打赌是我的国家。我就是因此被刺或者被别的什么东西扎了一下。我还傻乎乎地在自己身上乱找剧痛的原因，虽然我能看到刺，就是尖尖的东西，不是吗？然后我走了。完了。想不起来了。完了。我是谁。我在哪儿。现在我想起来了，您一定是王子，您的存在是事实，我认了。是的，许多人会因您而妒忌我，但也因我自己，因为我也是公主。我的照片上了封面，但照片也无法证明我是谁。也许凡是人就是公主和王子。神父是这么说的，可为生存而奋斗的人们真笨，居然相信他们的话。反正我认识的人都是树篱。这已朝着正确的方向迈出了一步。大人物对他们很无情，正如大自然对大自然。我模模糊糊地想起来了。玫瑰。这已让人感到不安了。这里是什么东西？一位太太说这是疯狂的一种形式。她说：我希望能通过他存活。她说：我只想为他而活，好像我通过他才能有灵魂，好像没他我只不过是个空壳，是他充实了我，而且是用爱情。太棒了。这位太太刚造出来，我可能是第一个向她表示祝贺的人。她现在看着一个男子，看来知道得很清楚在与谁打交道。现在她走过去好把全部东西密封起来，这样可以保存，而不是有什么就津津有味地反复咀嚼、为多汁的柳树而兴高采烈。她问她的俘虏对象：你还是昨天的你吗？明天还是同一个你？后天呢？他已是她全部的爱，还要告诉她他是谁？真不可思议。如果他说不，她内心会完全崩溃。我头上至少只有这个建材市场买来的树篱可以崩溃，它很轻，自己搭建的。然而相反，就因您一定是如意郎君，所以这个树篱随时会站起来变成人。请您往后退一步，免得被踩到，因为我的朝臣现在很可能要换身，从最佳的竞技状态，即树篱的形态重回身子最初的形态。希望在此期间大门别堵上，否则他们就不能回到自己躯体的形态中了，可怜的人。形势不妙，这点我可以悄悄告诉您，虽然是玫瑰做的。从一种状态中醒来进入另一种状态，可还不知道状态怎么样，也不会知道。我看到您棕色的面孔，王子先生，看到您黑发上的发胶和 T 恤衫下的肌肉，我在寻找您那肥大的冲浪裤子里的膝盖和屁股，我问：有可能是您吗？有可能您在下面什么地方吗？有可能您是您吗？有可能我是我吗？有可能您要找的是我吗？一定是的，否则我们也不会在这儿了。也就是说：假如您没来，我们俩现在都不在这儿。也就是说假如没有您来，现在就没有我，或至少还没有我。谢谢。

王子　有人让我到您那儿去吻您，然后看看会发生什么事。我原本也要注意的。总要发生点事儿的。我所看到的让我很喜欢，还是值得看的，现在可以这么说。我是权力。谁和我作对，谁就得失去自我，就因为他坚持自我。您马上认识到您的生存只能归功于我，这很好。让我怎么说呢，我就是我。您知道，我还是原本的我。没办法。我倒想成仙，也许我就是仙人，因为到目前为止我不但还没死过，反而还把一个死去的女孩唤醒了。用一个吻。醒来一定是很美的事：这么长时间都隐伏着，然后第一个看到的东西是上帝。我。我！我！我是让死者复活的东西。这就叫时间，它也是这么说的：我，我现在在这儿。除此之外没别人。亲爱的公主宝贝，在这之前您一直睡着，没人哪怕给您涂涂指甲，我敢肯定，这时的您根本不可能向存在示意您在这儿。您也不可能给我寄明信片、写信或打电话告诉我能在哪儿找到您，虽然我的手机总开着。可真幽默。我不该知道您在哪儿，尽管如此我还是找到了您。是唯一的一个。这么说我一定是上帝，很简单。他知道别人不知道的事。甚至很可能是我亲手缔造了您。假如我是上帝，我就能做到。就这样。现在我还废除了时间，因为您在睡觉时就不见了，一走就是一百年，有人事先已向我预言会这么久，可这一百年现在对您来说已是往事，别，别，别担心，时间没溜走。既然时间在您身上没留下痕迹，那么您一定是在上帝手中，是他亲手让钟停住。是的。因为我是上帝，我也就能够提醒存在在我吻您时给钟上发条，让它像疯狗一样扑到您身上，又开始老了！一百年之后没有吻了，那时有足够的整容术。但我们在这里自然不想把时间看作永恒的敌人，至少是女性美的敌人，因为我作为上帝可以让您相信永生不是我们的目的，它的小妹妹——价值观永恒也不是。好了，只要还有时间存在，把眉笔给我，把遮盖笔给我，我指的是皱纹遮盖笔。一定有人告诉您错误的东西了。一旦时间存在，它既抹不掉也不能重新化妆。如果我们的时间到来，会突然感到遗憾，因为我们有了肉身，可在此之前我们还是很喜欢它的。因为我们的目标就是过舒适的生活，对此图片报和电视总想报道。可以对什么事进行报道，永恒的世界里不可能有这种事儿。也不可能发生什么，因为生活总是现在，人们永远不可能把它作为往事阅读。我们现在不必探讨我们永恒的定义对您对我来说肯定也是高兴的事，我是说我们不必探讨永恒对我们的生活意味着什么。永恒可能意味着我们此刻昏死过去，要不就是我们得永远亲吻，因为我们永远不能再把此刻掐断，可我们今后还想在滑雪时让人给我们照相呢，我们的婚礼上可爱的电视摄像镜头也想在场呢，不是吗？您也是这样认为的，不是吗？

公主　好吧，再看吧……听上去不错。把瞬间储存起来。至少我们现在还储存了一些。让我们设想一下吧：我睡着时把永恒当作自己真正的现实了，肯定会这样的，因为我边睡边在这种超越时间的永恒中运动，如鱼得水。此外别人已向我预言说一个王子会来解救我，我能得到他永恒的爱情。您的永恒价值观少得可怜，爱情是其中之一。对不起，这价值观不是您的吗？难道是我的？我只是这么觉得，因为它展示在我面前，爱情，啊，对了，您还得兑付代价券呢，王子先生，这一点我们意见一致，不是吗？好吧，得承认，我是在永恒中，突然被抛进瞬间，被您，我亲爱的，可我怎能事先理解我的存在和时间，就是我是“我”的时间或者这么说吧我所处的时间，我怎能事先理解时间？我刚开始在这个坐标系中运动，这里的女人说：我完全被这个男人迷住了！她们还说他身上焕发着内在力等等。看来存在不是那么简单的存在，还有别的东西在里头。我作为公主被密封，后来被一个王子唤醒。人们说上帝在，王子在，您真的相信两者是一回事儿？一个王子毕竟可以被他母亲、被王后废黜，因为他睡了恶女人，但谁能废黜上帝？谁知道呢，也许是我，就因为我至少还有一段时间也永存来着？睡美人是那个战胜了上帝的人！好了，这会让叶子簌簌作响，另外还有好吃的莴苣！

王子　我明白了，如果我不给您解释一下，您永远不会理解您的存在，还有谁能比我给您解释得更好！最终还得我让您明白！好吧，我，您的创造者要告诉您：您的存在现在发生了，因为我把它交给了您。但如果您要拥有它，把它作为您的财产，那么还得再发生点事儿，我马上会告诉您是什么事儿的。（他穿上一件长毛绒玩具服装，上面有硕大的阴茎。）

公主　可没必要再发生任何事儿了！已经发生了！我作为公主在生前就积攒下了生活财富，我现在就把财产投资到与您——

王子先生——的关系中。我希望利息高点儿。您找我找对了，我长得不像其他人。准确地说其他人，电视里的，长得像我。她们不知道，就她们来说她们每个人都是唯一的，这个唯一作为“我”不能同时是他人，不，大家都想成为我。您想象一下吧。有人在我入睡前嘱咐我说，最好的体验应是身子的体验，人自己尽量不要成为身子。但当他们告诉我这些时，肯定没考虑您眼下正穿着的那个东西。那玩意儿可真恶心！可我知道，只从我的立场看待生活是错误的。您的身子也许您喜欢。不管怎么说，这身子每个路边都有许多。动物！我承认，您成功地变成了他人。您一点都不像您自己了。要么是我疯了，要么是我改变不了错误的且无法更正的看法，即您的身子和您的身份是不可分割的，可也许非改不可了。身份——另外一个人。这个他人不是一直在您身上的，我希望如此，否则的话我永远不会吻您的。我在说些什么？我是什么也不能做的。是您吻了我！您一定被F太太收买了。所以您才希望成为他人？好不必待在这儿？好逃脱您的命运？好不必吻我？您穿上了一套服装。我仔细观察您来着。您特意这样做好成为他人吗？或为了成为比您更重要的人？也就是说为了强调您的身份？我只是这么觉得，因为您现在还给我看您的灵魂，它显然就在您的体内，就像蛹在蝴蝶体内或反过来说。可这大可不必呀。您是一个动物，王子先生！而我相信我是一个事件，因为我发生了，不是因为我穿了什么。虽然以前我的衣服总是被渲染，好像它是我身上最重要的东西。我始终是同一个人，否则我根本不可能发生，否则我只能不断地变，人们就不会在照片上认出我来了。比如您，王子先生，现在是另外一个人。对我来说您最好还是过去的您。也就是说我没必要变着法儿地打扮自己好成为谁，这一点是肯定的。

王子　可您之所以能在这里发生，是因为您现在是我的财产，用吻获得的。如果用假胡子或一件结实的普罗尔[①]衣服我可以毫不费劲地把您骗到手，像骗新生儿一样。对新生儿来说父亲穿什么是无所谓的，他甚至觉得父亲穿医院的衣服更漂亮。现在的我只想向您证明一点，是上帝的我可以选择我还想成为谁。当我到您这儿来时，我还没必要这么做。我可以是原来的我。很自然。我可以是什么就以什么身份来，是王子。我用口香糖把您唤醒，把您摆在我面前的草图画完了，可以说是用嘴画的。自然我只是找到了希望找到的东西。我只是创造了想创造的东西。我没发生什么事儿，您也没发生什么事儿。事后我可以

---

① 普罗尔（Proll），世界时尚品牌。

说我只是偶然发现了您。可我更想说的是您是我的拾物，是我发现的弃儿，并把您展示给媒体看。先发明再展示。这是创造的根本，是我的专长。如果您当时死了，我会像每个未曾料到有这事儿发生的创造者一样问自己：这是真的吗？我做错了什么？这是公主吗？要么她不是？如果您还不活过来，面对您的尸体我会问自己怎么回事？我不能让死者复活吗？为什么我不能了呢？这个东西到底是不是人？想不起来造过她。我眼前是具死尸吗？还是别的？好吧，我们马上就会知道！

他递给睡美人一个白色长毛绒兔子服装，服装上阴部极突出，他告诉她怎么穿，她照他说的做。在她穿好服装后两人立刻开始疯狂做爱。他们头上的树篱塌了，把他们埋在下面。各种各样的动物从树篱中站起，主要是母鸡，她们的行为真的像动物，很逼真地模仿动物的行为！两只母鸡很优雅地展开一条横幅，上面写着：“欢迎您到奥地利观光！现在正当时！”

王子与公主（一道，有点上气不接下气）看，至少我们不是财政上被掏空的家禽帝国。流水线上的尸体，它们甚至在那儿还团结在一起。很好。然而为了明白死者身上发生了什么，说到底我们得再进一步，我们必须亲自死一回。只谈论死是不够的。人要生才能谈死。但许多可怜的死者怎么办？他们不知道自己死了，却是死人。我们知道我们有一天会死①，却仍然活着。但我们现在无论如何还是终于摆脱了我们的躯体而不死。这是一个很大的进步，您可以衷心向我们祝贺。我们会死的，我们到现在还没必要修正这个认识。可我们还是要说我们曾死过，现在活着。两个都尝试了——没法比！您也尝试一下吧！如果您来，进行比较也能绝对保证您在马路交通中的安全。

① 可比较海德格尔的观点，他认为“此在”的人知道自己必有一死，故人的存在是“向死而在”。

死亡与少女

Ⅲ

（罗莎蒙德）

可惜水涌进我身子里了。虽然我只是想把我的照片浸一下水。让我大吃一惊的是我竟要淹死。世间都是虎吃羊。只是我不能自救。什么事都牵扯到我，连和我没关系的事都牵扯到我。我总是这样，将来也会这样，我只看到世上的新事物和阴暗面。我该做什么，别人告诉我多少遍了，这又牵扯到我！我笔耕不辍，我不说外语，一说就错。我真想成为水中美人，穿着性感的比基尼，嘴含甜蜜的毒药，痛得直喊。可水中美人突然成了一桩严肃的事情，就因为我得扮演她。我挺无赖地往活人堆里挤，我排在那位女士前边的，我已等了很长时间。请给我一个能托住我的救生圈！谁阻断了碧浪落下？这时我还不知道落下的是浪涛呢。对的，现在来了，这儿，突然间，潮水间歇信号闪了一下，潮水不是为我戛然而止的，虽然它为畜牲这样做。这时一个浪尖照直往我散热器的护栅里钻。锋利如锯齿，不，不，穿我那两件套的人不是我，虽然我把我的模子放在里边了！不是我！我发动机的罩子又亮了起来，泛着紫光。山谷以漂亮的跳姿轻轻跃了过去。山峦环抱的山谷，本该把我藏起来的，可你一受惊，却把我甩了出去，那里是我可爱的故乡，我原来可以在茅屋里快快乐乐地生活。身处金殿还远远不是幸福，是不是这么回事？您现在就决定吧！干吗现在每个人，连我在内都明确地选择幸福？太早了点儿，您本该等红灯的，然后再摁按钮！对您来说磨难也许是种乐趣？这样的话竞争对手也赢了。这会儿更晚了，现在另外一个人得到了幸福。可不幸呢，难道它不也是个漂亮的孩子，另外一个母亲的孩子？它不一定就是一场绝对的灾祸！您为什么不选择不幸呢？对此有千言万语要说，比如山谷里有什么，我暗自渴望什么，哪儿有什么东西兴旺，现在末日之光又落到哪儿，我在哪儿找不到它，等等。水灾，也不坏，我看它越来越清楚了，忧伤在它身上闪闪烁烁，不对，那是光，是虚无，是波浪中闪烁的余光。就是：它越来越快地向我涌来。劈斩一切的波浪，我写呀写，我是世界的女王，可仍没人看见我。我气都上不来了，噩梦让我惊恐：海水的锋刃上真的没住人？我在那儿找了许久，一直在世上徘徊，却始终没离开我的写字台，长此以往，孑立独行，不会在最后时刻还有人住吧，像我一样极不舒服地住在这刀刃上？为什么这里突然间住了这么多讨厌鬼？比我还讨厌？不可能的事！我那股子势不可挡的干劲把我推至这里，然后我看到许多人也是干劲倍增，不行，这可不行！这会带来屈辱：刀不结实，刀虽然锋利，可不是刀了。是水，它骄傲地扬起头去吻星星，却吻到了我！偏偏是我！太笨了！不行，不行！你是我妈？不，你不是我妈，你，刀上的一个零，你无关紧要，就像天空中的蔚蓝，天空本身就是蓝，我是说它就是蓝，眼下再多的事它也做不了。我说，这时起了风暴，接下来寂静无声。对不起，天空，不想用我十六年前的德国中等标准伤害你。我在海上待得太久，四顾茫然，满身伤痕，但我也可以优哉游哉地四处遨游，如果希望我这样，这里，我桌子旁这个蜡人，我指的是站岗的人、看守的人，这就是我，一个女儿，她走了过来，好让人向她表示敬意。后来某个时候，她成了女王，她的心更加摇摆不定，只能独处，在浪尖上孑然一身。没有眼睛向下和蔼地注视她，没有漂流物在身边漂流，没有电特意为她而闪，没有满天密布的乌云，它是用这块灰料子特制而成，料子是我自己买的，因为相当便宜。您别大喊大叫的，这些东西我还存了许多呢！至少还有向我暗送秋波的波涛注视我，至少我相信这一点，可出了车祸。我连前边那个人的尾灯都不能真正享有。我还以为那是自己的灯，我追随它已多年，既灵敏又懒散，这只倔强的灯，在我面前忽闪忽闪的，可闹了半天它只是我的灯！我看见一个路牌在闪，给我指引通往城市的路。可我会孤独地死去。就这样。可遗憾的是我现在被人嘲笑，只因我紧抓着这些大量的海水不放，它只想把我拖下水，这时每朵花都在摇摆，连星星都不问问我。我想对小溪说我多么想体验一下呀。是的，我正是这样亲身体验的，用的是破旧轮胎，于是现在发生了这场严重的车祸，根本避免不了，我活该出这车祸。每个人都能及时察觉这海水就等着杀死我呢。只是我又瞎了眼。我还自诩是个能洞察一切的先知呢，可在我面前飞逝的，只是我生命的年华。我得待在家里，像条没有羊羔可以撕扯的狗。就是伤心地哭也是丽人的我在那边高地山谷中读美文，可我这会儿在水里干什么？尽管如此我毫不动摇，信仰坚不可摧，我——一个哭着的孩子，他不能说，只能问：什么？我——一只害羞的狍子，几年来一直寻找腿肉可到后来一股脑儿寄给了别人：不，这不是给我的！您看看吧，地址不对。此外我是唯一能关心我的人，我怎么可能得到包裹？此外我没选票，也不可能赢得选票。说不出来我想干什么或为什么。于是我再试一次，我把自己背进黑暗，因为现在连车灯都熄灭了，太笨了！请您给我的痛苦添点欢乐吧！多冷呀，没有月光如此静谧，没有梦境来欺骗我。没有明亮的世界用似锦的繁花簇拥我，没有甜蜜的目光含情脉脉缠绕我，连打火机都不看我一眼，怎么回事，它不是用电池的吗？电池难道也进水了？哎，我没寻衅，可打斗中的第一道伤疤竟是致命的，虽然我根本就没完全明白问题所在。现在我一切都明白了。我向我弯下腰，说我点什么，把我打发走，背着自己离开，走进深处的房间。

儿童的零食——牛奶巧克力：

月光洒在山巅，
我对你无比思念，
多么美好呀，宝贝
假如忠诚亲吻忠诚的她。

野花打扮得如此俏丽又如何？
你曾是我春天里的一缕阳光，
是我黑夜中的光明，噢，对我微笑吧
再向死亡中的我微笑一次。

夜幕降临，月光明媚，
它仰望大空长叹，
“生时远离你，死时属于你。”

心为另一颗心而碎倍感甜蜜。

实情：

从铁路过渡到公路
从水路过渡到公路
从水路过渡到铁路
从公路过渡到铁路
从铁路过渡到水路
从公路过渡到水路

两人都达到了性高潮，但是真的！

弗尔维奥[①] 别，别看别处，请专心面对这种局面吧，刚才又有了新情况，在这个酒吧里，灯光有些伤感，依偎着像你这样迷惑的人。我今天还看见了你，仿佛是昨天的事。我今天还睡了你，仿佛已是明天。我要睡你睡到再次俘获你的心。然后我

① 弗尔维奥（Fulvio），德国女作家海尔米娜·冯·谢济（Helmina von Chezy）四幕话剧《塞浦路斯公主罗莎蒙德》（1823 年）中的人物。该剧讲述公主罗莎蒙德（Rosamunde）曲折姻缘的故事，舒伯特曾为之配乐。

脱掉你最后的衣服。你抱怨什么？最后的衣服可是先前你自己脱的！正像你说的，是在写作中。这是岩石地上的太阳伞，因为你连阳光都害怕。可是你看，你以为这是你最后的衣服，可它只不过是你圆珠笔的笔套！不需要。其他人有更多的遭遇，至少他们有自己的遭遇。你连遭遇都没有。是的。你是你自己的再生物。你曾是一听罐头。你曾是权力的恐怖。我想到了你，我制造了你。你必须是我的！我睡你，感觉不错。一股电流马上涌向你的四肢，是地道的恐怖。你说我不好。可我至少一下决心就把自己从世上干掉了，世上有我没我无关紧要。没损失什么。尽管如此。我最好不提你，这样还能帮助你。还有什么？我是太阳，在水面上闪烁。至少我有两条命。给灯支个招儿，可以通过折射让火更旺。可还是不对劲儿。什么都弱了。还有什么。这时我已下山，鲜花跟我一道跌入山谷，是团乱七八糟的东西，绿色、轻扬、优雅。还有很多品种呢！每朵鲜花都想先下去。看呀，鲜花头朝下吊在吊带里，在下边那绿草茵茵的山坡上，多漂亮！它们在那儿荡来荡去，小脑袋紧贴着山坡，可还没完全进去。运动型的。还有呢：哎，你要是不发红就好了，真可恶！你眼睛老是盯着名誉，大言不惭说它对你微笑。你忽视了我，更喜欢描写我的无足轻重。因为你总是追逐其他重要的东西！现在你得到了！你自己是孢子，了不起的女人！你被追逐！是的，是的，抱紧点儿，我愿意搂着你。可我的心很“宽广”，它带走了我，带到另外一个阳台，那里的乳房更丰满。不管怎样更紧了，更有弹力了，涂上霜一小时后：跑吧！后来的结果人们本可以相信，如果不必非事先糟蹋它——躯体不可。什么？妓女们说什么？你保持不败来着？你以为人们找你躲你、睡你护你可以同时进行？你说这个吓唬不了我，用不了两分钟你就得想出点儿其他法子！不跑肯定不行，往哪儿跑无所谓。不跑你永远不会一分为二。就算你减去身体一部分，你也苗条不到哪儿去！

罗莎蒙德　你这个坏蛋！噢，我的妈呀，原谅我吧！噢，我的创作啊，原谅我吧！噢，我的作品啊，原谅我吧！天性啊，你也原谅我吧！我的创作啊，再原谅我一次吧！紧身裤啊，原谅我吧！无袖衫啊，原谅我吧！爱情啊，第三次护着我吧！决心啊，你自己把自己化为行动吧！如果来个厉害的，无论如何也要赶快扑倒在地！如果来个能干的，至少要扑倒在地！如果来个学者，踹我一脚吧，不，不是学者，当然是一个有活力的人！还能是谁？供奉我的陌生男人事后马上就忘记我！供奉我的陌生男子事后不忘我！绝不！你听着：不忘记！以前的事都不算数！围着我转的护花使者同样不忘我，哎，噢，不，这可是绕道行驶的路，它保护这地区的环境，对不起。广告牌上总是用另外一条马路来展现地区的风貌，请原谅我长得不是这样！哎哟，我的大腿呀，我的屁股呀，请原谅我让你们成了你们这东西！对遭拒的厌恶，原谅我吧！女人踏上的土地呀，请原谅她踏错的这一步！在我乳房乱翻一通的痛苦呀，请你们原谅我！你们在那儿什么也没找到，更要原谅我！陌生的男人呀，原谅我要成为你的人！陌生的男人呀，原谅我不是为成为你的人而存在！我选择了自己的路，它也要原谅我总是让另外一个女人走。

弗尔维奥　如果全世界都性交我就高兴了，这样大家都有好心情。剩下的事你可以不管。正常使用的人我可以只要一个，可现在已经不是出于激情和信念把爱情女神称为荡妇的时代了。我根本不相信，甚至都不希望一个优秀女子，一个以聪明吸引人的漂亮姑娘会对我满意让我做她的伴侣，可她还是要我了，还是要我了，我清楚地看到她发红，我看到灯在拉它自己的灯绳，没机会了，可惜灯绳已缠在它脖子上了。没有一点儿想法就淹死，像一只疲惫的鸭子，不对，像一个死女人。可到头来还是闭得很紧，如果第一次往里瞧，像没有尽头的林荫大道。这个女人还穿喇叭裙，这式样早就没人穿了。不对，不对，普拉达[①]今年又推出这种式样，但明年它又会来点别的。什么，这个女人还在找气囊拉索？好借口打开枷锁？为的是有人不同于平时拉拉索时可以马上醒来并满脸笑容。那里是汽车站。我是你丈夫。这根该死的灯绳我逮着机会也会剪断的，你看着吧，就在你自己想使劲拉紧时我剪断。水哗哗响。山泉。不是，不是山泉。水自别处来。来自天上。救救我呀。节日在呼唤我们。总有节日呼唤我们。就这样。罗莎蒙德。在这之后她说话用舌头就不值得了，她原来总是随口乱说。一切都是作秀。我把你的舌头割掉，现在话在哪儿？你看到了吧，它没了！话现在肯定不会像你教育的那样糟糕了。它仅是个讨厌的客人，来了就不想走了。罗莎蒙德。我要清楚地告诉你：一切都得现在决定，马上。那谁真会要我？能相信吗？你你你！我从没想过。要么要要么不要，但立刻决定！快点！好了，这没用，我得尽力而为。女孩那些废话一边去吧！你非属于我不行，你的生命系于我的眼神！请您把镜头拉近点，好了，我看到了，她确实决定要我了，就是要了五十万！假如当初她坚持己见的话，甚至是七十五万！一百万！可严肃音乐栏目的问题可能对她来说太严肃。你看，女人就是有趣！我总是说：如果

① 普拉达（Prada），意大利时尚品牌。

梦幻之旅令人高兴，那么事先有多少旅客已上船并不重要。可船上一个人都没有。这可让我心存疑虑。究竟为什么没人为这个尤物神魂颠倒，究竟为什么没人被这个了不起的女子迷住？我在问自己，迷惑的孩子。噢，爱我吧，我拜倒在你的脚下亲吻你。

罗莎蒙德　坏蛋！讨厌！思想超前的人！是我的伴侣！是谁把我剩下的？找配偶陌生？找另外一个？可她到头来就是我应该成为的人。我就是大家。我这个幸福的女强人。我这个独身女人，坚定不移、彻底的女权主义者。我一路走来差不多是自恋型的，可这完全是过去的事儿了。我把目光从我身上移开。我坚决要求妇女有权越来越多地体验性生活。我坚决要求妇女有权好好活一次。如果男人行，那么女人也行。原来写点东西我还挺幸福。现在抚摩突然觉得不再那么妙不可言。也许在另外一个人那里感觉不一样？我是指在塞浦路斯东海岸的山上。谁知道呢？度假时总是不一样的。假如得告别，就突然间像以往一样了。常事。好事根本没有。美事根本就没有。

弗尔维奥　留下来！现在得立刻做出决定！本来刚才就该做出决定的。一会儿做的决定就完全不同了。我这会儿能克制自己。

可接下来我做什么？罗莎蒙德。你为什么总让女人占用你？我也早注意这一点了：你为什么这么害怕被男人摸？一个征服者走了，又回来一个征服者，可他马上又走了。回来时又是他自己。然后他快乐地和猎物做下一笔交易，把这事拍成录像。因为那里还有更好的，他也可以给她录像，还有手机是白给的，聊天也不付费，说话不付费，选票不付费，赢得选举也不付费，因为他已经选了很多，所以选择都不付费。抓着！注意你的形象！抓着！什么？你不明白？不明白你可以让我成为世上最幸福的人？被抓着的感觉对你来说理解不了？你最好用语言表述？有了答复你就满足？利用你的平庸？就是把这种平庸说成是学习说话的工具？仇恨！仇恨！其他的事你也想不起来。你想不起来你自己是唯一可以忍受这种仇恨的人？你干吗不在我这儿休息休息，不是对什么事听之任之？好了，我们现在痛快结束这种关系吧，然后我们承认去过一条可疑的大街。媒体跟踪我们来着。可什么事儿都没发现。不对，可惜媒体没跟踪我们。其他女人承认有过一两个或几个关系。可你。可你，十八岁到八十岁，我无法看到你离哪个终点比我更近，你离哪个终点都比我近，你呀，就是你，我来到你这儿后总有个问题让我不安：到现在为止你有过几个性伙伴？别，什么也别说了。就说点我听惯的话吧：你为什么是牺牲品，带来牺牲品，成了牺牲品？让你全部的生存只掌握在一人手中，非想成为一个牺牲品，非想成为我的牺牲品。

罗莎蒙德　这么说正当年时我就得死？

弗尔维奥　你怎么能认为你征服了我，傲女人？上帝作证，这真开心！一副甜蜜的模样，一个四肢玩具娃娃，这只神经质的手握着一根细长的管子！所有的问题：马上避而不谈，健康：突然出了毛病！一切从头开始，好再使劲来一次，我告诉你吧。这要付出点代价的！不能让任何人知道来我们这儿的都是什么人，否则的话我们马上就被曝光。不管怎么说，我们这些人身体状况很好。我告诉你他们是怎样促进血液循环的。我告诉你我们现在合上报纸。噢，不，我不告诉你。人们应该读你。通过阅读可以避免做许多手术，连心脏手术都算上。再从头来，我拥有的名誉：享受！利用：可以！从这个活动中：召回！一切：作废！

罗莎蒙德　爱情是什么？爱情是童年的梦！就是这样。把疼痛像盖戳那样敲进去，护照有效，对我很适合。现在我的根还要像鬼火似的忽闪或继续飘忽不定？我只是问问，因为这个事可以欺骗人，那个事可以让人紧张。请告诉我我的过错会有什么后果！这样我好知道我又在色情问题上走了有多远。这次我分数够吗？又没及格？我把我的恨发泄到无辜的歌咏比赛和民歌汇演和世界民间音乐大会和随便哪家周年庆典的广播上，反正有这么多事，总归有庆典活动可搞，然后把我的恨发泄到堵满车的车道上，发泄到这栋房子上，这栋房子要把你，男孩，带给我的父母，可五十年了也没带来，因为我的父母早就死了，比我自己还早。这是一张照片。也许我该是个男的？那样会好点？我发泄发泄我的恨，我发泄发泄它——早就年迈体弱的仇恨。什么，你要它？它会在你这儿感到更舒服的。至少它是这样对我说的。好吧，如果看到我的恨你燃烧不起来，你也要把它拿走，用其他什么东西暖暖身子吧！把头箍也拿走，它罩在我头上把前额弄得火辣辣地痛。它不断在闪，请吧，你称心了，再把它在我身上点燃吧！可随便你做什么，把它拿走，可别心平气和地把它拿走。

弗尔维奥　噢，不。你尽管留着它好了！可你从来静不下来，也永远不会静下来的。你将来会在我脚下乞求我的爱情，你现在竟敢矜持傲慢地拒绝它！我警告你！别把老虎惹急了！最好用你的话为我的话伴奏，它永远不会和谐的！你应该感到害臊。

第二小提琴手。永远的。可看上去也不错。只是对我来说不够。你话太多，你这个原告。什么？你就这个样子了？一点都不奇怪，那么你就瞧着吧，你就是一块普通的圆蛋糕了，那味道和想象的一点儿也不一样，不管怎么说和你能描述的想象完全不一样。就算一样，那么你得很费劲地从别的什么地方取来，然后做个框子给它框起来，否则你永远也不能把它和周围环境区分开，你的想象。你已经拉上窗帘了，你做得对。你本来也没有自己的形状。你本来也不是上台面的人。你也没什么给别人看的。为什么还要挂窗帘？没用，就像一张风景画前刺眼的阳光，可人们一点儿都不想看这幅画，产品介绍书里它看上去总归是不一样的。

罗莎蒙德　想象失败了。也好。我来。向上看山，不对，先往上看，然后再把太阳拽走，然后才挂窗帘，否则耀眼，然后再看山，然后看是否值得用眼睛一直往上看，看得眼睛都黯淡无光了。雪白的山峰。莱尼·R。她今天有什么事告诉我们吗？该死的美人粘在我们身上像胎盘似的。每个人都想摆脱它。没人能摆脱它。我们用激光技术，把我们的形状切割得好一点。先亮蓝灯，然后白的。黄白。旧的。没点儿颜色。没结果。这束光的颜色错了。我们一直以为是太阳的东西一直有来着？它太冷漠了，红不起来，灯。形状：也许是种状况，越来越糟糕的状况。不。不是还会糟糕的状况。什么都比它强，甚至把它画成风景画或拍成电影或真人大小的照片摘走就再也没送回：什么都比它强，其他人做什么都比我强。

弗尔维奥　一个声音。一个声音。一个声音。一个声音。说。

罗莎蒙德　我认为你现在就得下去。仇恨正在我心中扎根，又来了，它又回来了，我可是严禁它来的，啊，不，它没击中别人，它击中的是我！恰恰击中了我！这时我哆哆嗦嗦地用胳膊费劲地举起它，我的仇恨击中谁？我！还是我提供一套漂亮的住宅让它白住呢。它还嫌不够。是呀，没人喜欢你，哪怕他面对你的心灵只是一小会儿。你说它恢复过来了，仇恨？仇恨仇恨仇恨，家人间的仇恨，企业内部的仇恨，双边的仇恨。仇恨仇恨仇恨！自己围攻自己。这不是一种微笑吗？微笑，柔和的泡沫，在我嘴唇上起皱。不，这不是微笑。这是皱纹。不，这也不是皱纹，这不可能是皱纹，我不是抹了这个唇膏了嘛。是仇恨，是它在这片田野上阔步行进，心平气和，镇静，自信，用手播种着谷粒。不管怎样这也有积极的一面，不对吗？森林，投到火中！人，跳出火坑！你们现在都熟了。你们这种人现在真是太多了。够了。

弗尔维奥　说。在地狱中打出点火星吧。根本多余。爱你我也不能把天攻破后夺回来。得下去。就是说社会这种虚伪现在让我很恼火。我想多一点儿幽默，有很好的感悟力，应有一副热心肠，不跟女人认识没两天就上床。事先再好好看看她然后再看然后再看然后仔细看仔细又仔细。然后我就不走了。然后我就什么都不做了。我在那儿看到一个东西，是一小块人吗？还是一个人的照片？还是一张照片上的人？是的，是一张照片上的人。我可是认识他的！不，不认识。不，我不会走的，我不走，我不走！不，我还是走吧。是，是，我走！

罗莎蒙德　我的声音。我的声音。我的声音。我的声音。什么也没说。

死亡与少女

Ⅳ

（杰基）

本剧工作人员：兰迪·塔拉波雷利[①]、伊丽莎白·维特[②]、罗兰·巴特[③]等。

我想，杰基[④]应该穿一身香奈尔牌套装上场（你要是建议另作安排，那就必须说出充分的理由）。但也不妨参考她在中央公园的长凳上和莫里斯·坦普斯曼[⑤]的最后合影，让她披风衣，套假发（她因化疗而脱发），戴墨镜，再配上爱马仕牌丝巾。

---

① 兰迪·塔拉波雷利（J. Randy Taraborrelli，1956—　），美国记者、作家，著有肯尼迪家族三女性、麦当娜和戴安娜等女名人的传记。

② 伊丽莎白·维特（Elisabeth Veit），德国作家，著有《杰奎琳·肯尼迪传》。

③ 罗兰·巴特（Roland Barthes，1915—1980），法国文学批评家。

④ 杰基，即杰奎琳·肯尼迪（Jacqueline Bouvier Kennedy，1929—1994），美国前总统约翰·肯尼迪的夫人，昵称杰基（Jackie）。

⑤ 莫里斯·坦普斯曼（Maurice Tempelsman，1929—　），美国大珠宝商。

不管装束如何，她都得干重活。按照我的想象，她家所有的死者，比如，孩子，呃，胎儿和两个死婴还不算太重，不过，已故的男人，像杰克、鲍比、特里斯（“阿里”）①，他们可就是死沉死沉的了，不是吗？！总之，该怎么说才好呢，这些遗骸她都得拉着，就像拔河一样。或者像伏尔加河畔拉纤的船夫。在这点上，我没法让你们看了轻松。但至少粉红色套装上的血没什么分量，而杰克的脑壳反正已缺了一大块。扮演杰基的女演员要把这些死者（是否让他们一个个牵在一起呢？）拉走，很费力，所以她念台词总是喘得上气不接下气，直到力不从心，不得不中断独白。根据身体情况和当日状态的不同，有时早一些，有时晚一点。然后独白结束，剧终。

不过，你肯定会另作安排。

杰基　好吧，我描述自己就像描述自己的腰身，我对腰身总是

---

① 杰克（Jack）为约翰·肯尼迪的昵称，鲍比（Bobby）为其弟罗伯特·肯尼迪的昵称，特里斯（Telis）指希腊船王阿里斯托特·奥纳西斯（Aristotle Onassis）。

低调处理。我衣着低调。强调会使腰身显形，然后立刻像水泥般定型。哦，不，我要做出根本的决定，另外的决定：腰身不能像水泥般定型，只能点到为止。它不是我身上非强调不可的部位。我穿的是宽宽松松的无腰带小大衣，不知正式名称是什么，反正是儿童穿的那种。我是小女人，女人状的孩子。和人说话时，我会彬彬有礼，放低身段，不过高度下来后，我还是好好地在这儿，占了一块不小的地盘。我宁愿走进自己的这些照片被人带走，要真能那样我就不必事事操心了。不过，在布置和装饰方面我是非常起劲的，按美国传统方式，用路易十六风格的帷幔，就像给蛀牙装齿冠，在当年还能博得品位高尚的美名，你想象一下！不，最好别去想象什么，因为不知道在赈灾扶贫的食堂里，所谓想象是从哪个盆子里喝汤充饥的。我先得向民众兜售自己，他们给了我信任，却未从我这儿得到什么回报。你必须竭尽奢华装点一切，唯独不能打扮自身。自身应该简朴，而要简朴——尤其是极度克制、低声下气时——就需要放肆。不过，一旦奇迹般地像圣母马利亚上了场，这种放肆就会悄没声儿了。真是奇迹，照片能像我一样开口说话！你自己得是门外的脚步声，人们听了后会吓得目瞪口呆。这就是统治，不是杂志图片上一直描绘的那种与王者为邻的房间。这就是统治，它扔掉自己衣衫般柔软的肢体，又被无形的手抓住。

这些手可以说是在给自己下跪。统治是既可见又无形的。你得晃动脑袋做些优美的动作，然后把动作捆扎成一张照片，作为自己的人质，作为自己的情人。我不在乎杰克的那一大群情人，因为她们没做什么值得在乎的事情。你得被自己逮住，然后你才可能逮住别人。你得沉默，但这沉默必须无比嘹亮，这样才能给别人注入感觉，犹如给病人注入药剂。人们需要这些感觉，因为他们没有、但知道有这些感觉。他们不断接触到关于这些感觉的描述，在作兴奋状的彩页小报上，在作呼啸声的自我往来中。这种往来是所有交通中最安全的，除非自己去挡自己的道。他们的父母可以死，他们的孩子可以死，他们的爱犬可以死，但如果我们要死了，他们就会把自己的机会都扔过来，好像把石块扔成了一堆，并且张开嘴大喊大叫。他们不能原地踏步，更不会来踩我们，而是更愿意走近我们，认同我们。对有别于自己的，他们坚持要获得相关的描述，只不过必须是熟悉的东西，不然的话他们会理解不了。为什么要这样呢？难道我们活着是为了他们？似乎挺合逻辑，一声枪响，事情结束了。不，一声枪响，事情才开始。饶有兴趣地端详对象，似乎在镜子里观察自己。是的，人们习惯如此。说是看见我们，实是看见自己，在我们之中的他们自己。像我这样的珍品，本来只有缺席时才能真正地起效。可是我到处抛头露面，白天是和杰克在一起。这样的珍品我买了十几个，价格并不优惠。我的诞生离不开强调和定型，但这和腰身毫无关系。我的腰身没有强调，我的头发也没有定型。我的头发是上了油的。我还有一个假发套，对此我一直否认，但后来贪杯的琼[1]酒后失言漏了出来。她被扫地出门了，这也算是一种强调的形式。确实如此！本来只有她培养了有责任感的后代。埃塞尔[2]呢，她那些子女都不怎么负责任。而我，一半对一半。不偏不倚，刚好平衡。还剩下一个，她至少唠叨还行。她活着就是为了不断唠叨我和她父亲的事。她不必来救我们，我们已经得救了，不是因为我们活着时有无数事要做，而是因为我们已成古人。不过至少她不唠叨别人的事。琼是我们几个中最漂亮的，但同时也是最窝囊的。泰迪[3]那家伙真不是个东西。当年我们还在世的时候，大家都把我们看成是个人物，可泰迪连个人物都不是。但真所谓安知非福啊，他今天还活着。这样也不赖。颠鸾倒凤时淹死了，这叫个什么事！幸好出事的只是她，就是那个小秘书，不是他。他肯定很快就浮了上来。车沉下去了，那车当时就沉下去了，好似一头鲸鱼被背着速潜器具的渔夫紧追着，忙不迭地要下海。

---

① 琼（Joan），罗伯特之妻。
② 埃塞尔（Ethel），爱德华之妻。
③ 泰迪（Teddy），爱德华的昵称。

那条可怜的小金鱼没上来，她留在海底了，可怜的玛丽·乔。哎。可惜泰迪是我们最后的机会，他是唯一的幸存者，但他没抓住这个机会，而是去寻求另外的机会了。家族的前途就此泡汤。我奉命成了一尊雕像，身上倒着血流如注的男人，他脸上最后一刻的表情谁也忘不了。人也能——既然已经提到这个词了，那就不妨再用一次——人也能自我定型，浇灌水泥似的自我定型。不过，是通过自我的放逐和消失而定型的，琼就是例子。我丈夫消失了，但却留下了一个永恒的伤疤。长明灯照着伤疤，让世人永远记住我们。我也长眠在那儿了，陪伴着死去的孩子们。遗憾的是，他们后来没让小约翰进去，因为他不曾服役，而军人墓地只有服役者有资格迁入。他现在是大海里的骨灰，参加美洲杯的赛艇从他身上穿过，这也挺好，对吧？在避难收留所里，舒服是谈不上的，对我们来说，在那里几乎从未有过好结果。公众对消失和出现，对这两种情况的反应毫无二致。公众并非中立的，发表意见就是为了能一言九鼎，充当衡量我们这些统治者的标尺。统治者匆匆闯入自己注目的景象，却常常因为测量有误而发生偏离。此后，他们的景象往往在大众心里再也挥之不去。头打烂了，脑浆淌到我怀里，这景象我实在不忍心公布于众，虽然公众有权知道所有细节。这点医生理解，情报局那些人也理解。他们必须理解我们做的一切，即使连我们自己也不怎么理解。哦，杰克，哦，杰克，我爱你，我哽咽着说。不说这些还能说什么？总不能在医院里推说我另有约会吧？我们一边相互拥抱，轻轻抚摩对方的后背，一边低声抽泣，家里那么多人丧了命，现在我们也死了，反正我是死了。好，我们对自己说，好，还是哭出来吧，一点儿别憋在心里。我这边呼天抢地刚好一点，那边埃塞尔又开始泣不成声，琼看来是欲哭无泪，但后来还是哭了，不，没哭，不，现在眼泪终于还是流下来了，虽说姗姗来迟，虽说谁也没有期待她流眼泪，不，还是期待的，我们大家都在期待。一条小溪，清澈的小溪。泪如泉涌，涌入、最后消失在滔滔泪海之中。这种表情有什么用，不如用那种表情！那种表情我在某个场合试过，不过当时它并不合适。表情就和鞋子差不多，可以穿着它无声地上楼，不慎滑倒后又尖叫着跌下来。哎，要是像别人那样，在镶木地板上放上时髦的防滑垫就好了。然后用黑头纱过滤迎面而来的一切。你会发现，那情调真是无与伦比。一直坚持到埃塞尔来，我才从画廊里取下了自画像，伫立在那儿，一身黑衣，连把我和灵柩连在一起的带子都是黑的。两个小孩站在我身前，一脸乖宝宝样，红色的小鞋子，浅蓝色的小大衣，被我拾掇得人见人爱，就是过几百年后也记忆犹新，你会看到的，不，可惜你看不到了。但你可以在电影院里看上五千遍，既看不够，也没看到什么。我这样安排效果不错，对吧？都是我安排的，让他们相信有这种迷人的死亡，红蓝交织中的死亡，在两个小孩的形象中显现的死亡，妩媚动人，身材修长，犹如一线蓝天。死亡也在等待他们，不过恐怕没有这样美妙。他们张大了嘴，想吃准这是怎么回事。没有骑士的马，脚镫空空，靴帮朝下。不过，杰克讨厌马！他碰到漂亮的马鬃就过敏。我不。骑马，打网球，滑雪，滑水，这些是我拥抱自己的方式。若是转身不理杰克，他马上就会去拈花惹草，不过这要归咎于可的松。那药会让人来劲，即使离不开妈妈的宝贝儿子也会来劲的。这个花花公子天天有进步，无师自通。就是学，他也漫不经心，不需要特别努力，自然而然地就会了。谁也抵挡不了他的人格魅力。他能打开每个女人的心扉，但从来不展开与我的冲突。我终于和杰克开诚布公地谈了他和玛丽莲[①]的事，他对我说，还在她香消玉殒之前，他已经和她一刀两断了，所以不能对她的死负责。他说，她本来就有不小的麻烦，在遇见他之前很久就有了。临了我终于相信了，发生的这一切确实不能怪他。他父亲一直付账。他也为我付账。如果我必须结婚并维持婚姻，那么他父亲就应该掏钱。钱，我父亲掏不出来。我必须结婚，

① 即美国影星玛丽莲·梦露。

否则我的魅力就无处安顿，我的魅力需要一个非常固定的地址。不像那个西尔维娅·普拉斯[①]，她可以获得女性杂志的助学金，拿这些钱享用那里为小妞们提供的蛋黄酱龙虾肉，吃得几乎中毒丧命，哼，她本来大可不必受这个罪。从来没人把这玩意儿给我端上桌。没人有这胆子。你瞧，我不需要助学金来使自己一命呜呼，没有资助我也知道该怎么办。我本来就知道。我知道怎样去做。无论是什么事。普拉斯这样的女人永远不能成为圣像，如果能的话，也只是在傻婆娘那里。傻婆娘以为自己具备独特的理性。真可笑。独特的理性从何而来？！这种理性她们能用来干什么，除了家门口的那些事？我根本不能接受《时尚》杂志的助学金。妈妈就不同意。你得嫁个富人，她这话言之有理。不要浪费整整一年的时间。这一年时间你可以用来做更有意义的事。等到末日审判的接待时间，你得在通道口等上好久，上帝才会出现与你握手，这时要是没人挽住你的胳膊，那怎么行？甚至见戴高乐和赫鲁晓夫也不用等这么久！你要声明，自己即使不声明不嚷嚷也能认识许多男人！作诗的时间当然得有，但最好你的衣裙就是诗！就这样挺好！你得听话！你要使自己到处引人注目，这才说明你是真听话的孩子。要依靠

① 西尔维娅·普拉斯（Sylvia Plath，1932—1963），美国女诗人，创作多讨论生死、自我毁灭，后来自杀。

肉体，哪怕是烂肉，关键是配菜要丰富，丰富得盖住下面的肉。在培养女孩子成为女主人这点上，没人能比我妈妈做得更成功。她不理解我，但她是对的。她自己也是这么做的。我当然能理解自己，但空气中充满了巨大的痛苦，就如滑水时你面前的水路，那水虽然硬硬的像条马路，不过还是可能淹死人。而雨水、泪水永远不会导致灭顶之灾，你总是可以冒出水面脱身。总统先生为什么要学呢，女人们自己会来。那些个男人，他们当初开风气之先，通过运动而变得性感。姐妹们也是这样。不，这话不对。这话放在今天才对，今天的女运动员非得宽衣解带，是她们开风气之先。这些少见的姑娘，她们不断地吼啊，推啊，踢啊，叫啊，不断地点火，煽风点火，吹气煽火，往对方身上猛扑。这些运动队的姑娘，女足队员，咬、踹、抓一直是她们的拿手好戏。这些可怕的女人，浑身的肌腱像快弓一样射向四面八方。这些女人扭成一团，就像高峰时间在交通要道上堵在一起的汽车，似乎若不死死地抓住地面，就随时有可能被抛到空中。或许不妨这样说，我们这些女性形象，身子像纤维，骨头上没有一丁点儿肉，却是这一代、下一代、世世代代的样品。尤其是我。你看看我们的模样，然后赶紧去预定差不多的，因为一模一样的你永远得不到！我们看上去是永恒的化身，似乎永远不会随着时光而消失，所以身上没有一两肉。不管怎么说吧，我们没有肉，我们健康，就是这样。但最沉重的打击还是落在了我们的肉体上，就是说，假如我们有肉的话。命运袭来，打在绷紧的帆布垫上，接住高空坠落者的帆布垫，然后我们不断地被抛向空中，无论发生了什么事都是这样。是啊，命运先是就我们的事做记录，然后一五一十地详细写，一直到把长处优点全写完。那以后，它，命运，就只会照抄了，一直抄到我们的第三代、第四代。它，命运，再也想不出新花样了。我们成了取材于生活的长篇小说，一部拖泥带水的小说，不，我们就是生活本身！他们是在我们身上取材！多拿点，别客气！没人忸忸怩怩的。没人能保留自己的形象，唯独我们的形象永存。我们囤积体重，但我们没有几磅重。我们根本就没什么身体，请吧，命运，别客气。且慢，等我整理好自己的形象，这是通过规定服装塑造的形象。我吩咐卡辛先生，衣服要替我度身定做，但做成的衣服不能碰到我。我不愿意的话，谁也不能、什么也不能碰到我。问题只是，命运并不遵守这规矩。现在，我还用常见的半长手套或长手套盖住咬下来的指甲，除此之外也就没什么了。我最喜欢白色，与死神这个白大师分享白色，死神讨人喜欢，把世界弄得白茫茫一片真干净。什么都不会干净，除非他亲自动手。他却只是耸耸肩而已，而耸耸肩并不表示遗憾。我有不少贵重衣服，一大堆一大堆料子做的衣服，都由干净利落的基本线条[①]组成。总是从这些基本线条、这些底线出发传球、带球，瞄得很准，但只有一次，不，有两次是真正进球的。还有不少零碎的布片，有的平坦，有的衬得高高地鼓起。我打算用所有这些衣服、这些布片造成假象：让人以为下面并没有我的身体，虽然我在数不胜数的杂志上展示了这个身体。我展示这个挺拔的、强健的、肌肉突出的身体，这个从六十年代起便到处有得卖、但没几个买得起的身体，这个堪称无体之躯的身体。在电视里展示，在银幕上展示，鬼知道还在什么地方，反正到处都展示。我获得了强调，这就是说，我成了定调子的。强调并不一定意味着进展，我不是说过吗，强调也可能是以退为进，以收为展。始终保持得体，这非常重要，始终让自身魅力得到反映，让它产生在镜子里。不过，自己本身不可体现魅力，不然的话你就变成人了！我是公共机构中无肩晚装和迷你短裙的发明者。在我少言寡语的阶段，或许也可称为服装的阶段，在这尚未发言、但已经在场并正等候在大众法庭上陈述的阶段，评论家们不断地插嘴。他们谈我的服装，几乎多于谈我本人，这点很重要。我的服装是我的笔迹。我的衣裙比我的语言更具个性，你明白吗，而它们仅仅只是些线条，作为

① Grundlinie，有“基本线条”和“底线”的双重意思，作家的文字游戏。

基本形式的线条，装饰不过是附加上去的，朴素，要而不烦。就是些圆形，方形，球体，正方体。合身的服装见我就退避三舍，因为我从四面冲刷腰身，就像浪涛冲刷维纳斯，海水泡沫中诞生的产儿[①]。不过，我是别人、陌生人梦中的泡沫。无数的陌生人。真奇怪。我还能怎样，更进一步？成为梦本身？看在上帝的分上。出现在每个梦中？太可怕了。曲终人散的海边，总是只有我在。度假者都走了，只留下了我。我爱秋天，但说不出是什么想法、什么东西使我有如此感受。我爱在愤怒的海边漫步，观赏愤怒的波涛。以前这儿全是夏日度假者，而如今独我一人。一种表情掠过我的脸庞，它狂奔，它挣扎，但还是马上被逮住了，被大大小小的照相机囚禁了。这时就不再是我独自在此了。不再是了。它逃跑了，我亲爱的表情逃跑了，没等我了解具体情况就逃跑了，如今到处能见它站着，像个傻子。不，它从来不傻，不能说它傻。我不再这样了，我要到别的地方去，到希腊去。告诉你一个噩耗，有人对鲍比说，总统遭到枪击，什么？鲍比说，哦，我……情况严重吗？鲍比只说了这么一次，没必要多说了，下一次就轮到他自个儿了。我想，很严重，报信者是这样回答他的。我永远不可能比当时更进一步。

---

① 维纳斯女神的别名。

请问，有谁能超越当时的成就?！在两片大海之间睡觉，还有谁有这份能耐。我当时爬上了船尾，甚至够不到那上面的头骨。到了第二天，这事我就回忆不起来了。这绝不是逃避。我只能回忆起当时看见了他头骨的内部。是肉色的，其实是些软绵绵的东西，难道不是吗?这和服装也差不多，服装在照片上硬邦邦的，不像是布料，但实际上软绵绵的。如果它能蔽体的话。如果不去管它的话。我不能不管它，否则我作为人就如同逝去的黑夜。一去不复返了。每分每秒都一去不复返了。死亡就更是一去不复返了。我还记得自己当时在想，杰克看上去有点儿头疼。他一脸困惑，抬起手，肯定是左手。我还记得自己当时在尖叫，只有我的妯娌们在海滩上才那样尖叫。我从座位上滑了下来，他的脑袋靠在我怀里，这情景至今历历在目。你知道吗，后来有不少照片拍的是我从后面爬下车的场面。不过这动作我完全记不得了。我小心翼翼地朝他的脑袋吹气，那是挚爱的气息，可他事实上已经临床死亡了。别人只能知道外表。这也和服装差不多：别人只能知道外表。服装绝对是死的，尽管看起来它在我身上活着。或许，我是通过服装才活着?是不是都无所谓。不管怎么说，这算是一个非凡的特点。我只是不明白，这特点是我的，还是属于服装?到了照片上仍然还是一个死。只能隐隐约约地感觉到，是什么使服装在动。是女人使服装在动。所以我对服装这么感兴趣。服装就是服装。人在服装里消失。我的套装沾满了鲜血和脑浆，但人们会记得那粉红色套装，因为那上面驻扎着我的灵魂，它孜孜不倦地学习，直至能当上审稿编辑。在出版社。当时在书库里也有人射击。一页页的书是事物的层次，但这层次，或者说这局面，始终乱得不行，而且越来越乱。你相信什么，就得马上放手。否则别人也会相信。不过，服装却得有人评论才行，否则就不成其为服装了。服装源自描述，这句话下面的着重点是我加的。脚注你也得读一读。这些脚注说明，套装上的斑点是鲜血和脑浆。重要的是套装，那上面的东西只是配件罢了。我们知道鲜血和脑子是什么。我是覆盖它们的衣服，不，衣服不仅仅是我，衣服比我大，它永远不会融入我的体内，而是勇敢地在我面前主张自己的地位，并且永远留在人们的记忆中。我呢，留下的是苍白的面容，乌黑的头发，犹如一座永远难以撼动的山，山怎么能撼动呢？两眼之间的距离那么大，墨镜没法好好地搁上去，因为眼睛老是设法从中间将墨镜撕碎，就像一头黑豹撕碎它的猎物。与身上的衣服相比，人总是显得过于平静。衣服会被风吹得呼呼作响。那些衣服围绕着我，酷似吓哭了的孩子，它们把注意力从我身上引开，但若是离开我，它们便什么都不是。不，此言差矣。它们并不需要我。它们有自己强烈的偏好，斜坡似的偏好，不过斜坡哪座山没有？所有这些情人，从不回答我的询问，从不给我需要的信息，所以这就成了我的游戏：赋予自己一种价值，而这价值就是浇灌水泥似的将头发定型，就是低估我腰身的价值。那个玛丽莲，她戴着下面往外翻卷的假发，颜色乌黑却又如石膏，她就这样在《时尚》杂志上滑稽地模仿我。还挂着那些珍珠项链。这个疯娘儿们。她根本不懂。我从空间里剥离出来，成了由光造成的黑暗。她就是光。这点她没弄懂。没什么比光更容易受伤的了。手稍一拨弄，光马上没了。但是，黑暗依然还在，黑夜每天降临。玛丽莲干得不错，黑假发并不真适合她，但人们可以觉察出她这样做的用意，并不感到扫兴，因为觉得无所谓。没人在听，全都在看，但这并不重要。重要的是我，不是她。一个人永远不可能和我一样重要。永恒之光在这屋里燃烧，而追她追到这里来，杰克还是不愿意的。他若要这样做，代价就太大了。我却对这个打扮得花枝招展的可怜虫、对这块雪白的石灰岩说：苗条一点好，苗条一点就有力量！我虽然不苗条，但看起来苗条，因为我擅长巧妙地打扮。我得心应手地展现自己的形象，因为我不只是光。我不那么容易消逝。我要消逝的话，别人也不让。我即服装，服装即我，就是说，我的服装，它意味着比光更多的东西。它是无以复加的。它不是难以为继的。我是说，叫我怎么说才好呢，我是说，那下面没有肉体。它就是它，它不是须臾即逝的，因为它并非肉体。我不会腐烂。我冒昧地在自己身上享受宾至如归的感觉，因为身体被衣服包围着，衣服给我安全感。这话也不对。好吧，我两眼间距很大，嘴唇颇为性感，世人忘不了这眼睛，这嘴唇，但也会把它们当作服装类的东西。我的眼睛和嘴唇是服装的配饰。我的形体轮廓极为复杂，但我的服装能提供表达形体轮廓的缩略符，我用这些缩略符进行速记，把自己写进人类的书里，写进人类的来宾留言簿，那里面谁都有份。速记其实是一种变体，并无特定的身份和形象。一切都是不定的，所以我显得那么肯定，那么自信。像我这样一个其实并不自信的女人，却自信地在大千世界出头露面。公众要求我们这些公众人物刻苦锻炼，我们确实也得到了不少锻炼。露出腿来！还没人敢露过腿呢。不必突出腰，但要露出腿，要露得露骨！甚至在总统就职典礼上也得露腿，那天穿着短短的呢大衣，我差点没冻成冰坨子。不过，我这样就摆脱了老贵妇们的貂皮长大衣。我敢于这样做，你不理解吗？你听着：不可能缺了什么，要真缺了什么，那就什么都没了，一损俱损。我的意思是，有些东西的缺少是决定性的，缺少的话整个存在就谈不上了，即使还有一点残余也谈不上了，不，说错了，存在是没有回旋余地的，所以存在本身就是回旋余地。不过，只有我们优选者能在里面回旋。其他人站在篱笆外，想往里挤。不行。哪件衣服都不能没有缝线。你看，不是吗。没有缝线就没有衣服。本属一家，未必聚首[①]。这道理谁也没我清楚！我对自己就是这样。我是缝线，但缺少中间的衣料，哎哟，我又把话倒过来说了。好吧，是这样的：我只有将重音加以变化，我的存在才变得重要。不久，我的服饰就成了世人谈论的重点，我为大选增色的白丝硬缎晚礼服，我在海滩为孩子增色的维希格子衬衫加短裤，我为死神的安居乐业增色的香奈尔粉红套装，还有我的大红羊毛套装——大选结果公布后欢呼声直上云霄，套装便关切地耸起双肩遮住我脑袋，或者，遮住我脑袋的是我自己的双肩？管它呢，无所谓。突然，我独自站着哭了起来。关于缝线的问题让我难以释怀：众人生动地想象出中间的衣料，但这并不是我，我是缝线。仁者见仁，智者见智。是缝线也好，不是缝线也罢，线是可以缝的，缝得发热，是可以像腰身一样予以强调的，不过是别人的腰身，不是我的，腰身不是我身上的亮点，我得把大家的注意力引开。生孩子的次数太多，其中多半是白生了。尽瞎说。是早亡，或者说是夭折。小女阿蓓拉，小儿帕特里克，我无法排遣这两个孩子的夭折带来的痛苦，永远

---

① 显然与“本属一家，终会聚首”有关。此系两德统一时联邦德国前总理维利·勃兰特的名言。

不能。后来，我干脆把他们的爸爸也给了他们，孩子得有父爱才行。还有一次是流产，都来不及给胎儿起名字。我觉得流产这种事完全是多余的。第一次就是多余的，第二次、第三次也是。后来，我干脆追随他们去了。反正也不会有好日子过了。死神把他们都召去了，现在我终于也在它手里了。死神是件洗得褪色的、刷地套上就行的运动衫，它总是从自己这件套头衫里刷地逃出来，它这刷地就没影儿了的姬蜂。这也好。它也是一件酷爱雄辩的衣服，你可以说它口若悬河，也可以说某人没有它，就像杰克那样。杰克有一种说不出的魅力，无论男女都会被他迷住。毒品不会损害魅力。我也吸毒。吸了几十年呢。还有自己专门的大夫。很不错的。可爱的、纤柔的毒品，它那大嗓门至今无与伦比，但服饰有个好处，别人看得见，应该看得见。毒品在我们背后直挺挺地站着，太不公平了，别人看不见它，这可怜的家伙，它给我们的生活带来如此奇妙的东西，却为人所不齿！这也太卑鄙了。你整天醒着，兴奋不已，却没人觉察。你日日夜夜地醒着，做事不公，却没人察觉。真奇怪。毒品是所有人的梦想，但只有少数人能去真实地体验。这样挺好。我们的大夫是最棒的大夫，他守口如瓶，真了不起。我们让他忙得不可开交，我们往嘴里塞了那么精彩、纤柔的东西。我们自己也像这些东西一样，变得精彩、纤柔、敏捷起来。它们赋予我们韧劲、魅力和耐性。在此谨表谢意，大夫，虽然谢晚了，但总比不谢好。守在隔壁的大夫，守在迷雾里的大夫，也谢谢您忠实地陪伴了我们。男人们总是自己说，不愿意让别人说，除非是不愉快的事情，他们才会请人代言，或者干脆让体内的毒品、让在自己身上神奇地呼风唤雨的毒品发言。流泪，欢笑，精神振奋，只是表面看来要归功于酒，实际原因却是毒品，尤其是这些个兴奋剂，真了不起，立马就能使懒骨头活动起来！人简直像从自己身上蹦了出来！你真的不妨试试！你会像一颗泪珠从自己身上滚将出来，像一颗独一无二的、神奇无比的、擦拭得晶莹剔透的泪珠，毫不费劲地从自己身上挣脱出来。无论我们做什么，在我们女人身上发言的还有另外一位，而且遗憾的是，它的嗓门比谁都大。它就是死神。是死神，因为我们时常和生命之神擦肩而过。当然，生命之神也在我们身上发言，但嗓门更大的是死神。你打算在超市买些好吃的回家做午饭，这时，是谁在直截了当地和你搭话？是死神。蔬菜里有死神，鱼虾里有死神，瓜果里有死神。错在我们。我们错了，我们种庄稼，为了养活男人和孩子，现在庄稼突然翻脸跟我们作对了，这是我们的过错。整个大自然都跟我们翻脸了。好，举个例子：我丈夫从一九四〇年起就患上了慢性尿道炎，是淋病引起的，而且无法彻底治愈，因为他还有艾迪生氏病，免疫系统非常虚弱。后来尸检时还证实了他感染了衣原体。这只可能通过性接触传播。那么，是谁传给了谁呢？我发誓这病不是我买回家的，但我还是得了。真的珍珠项链我是后来才从特里斯那里得到的，但病却是马上就得上了。后来的流产和死胎大概都是这次传染的后果，因为还在胚胎真正成形之前，衣原体就会妨碍胎膜囊的成熟，引起流产和早产。没人能留下自己的形象，这我说过，别人也说，我对衣服也说过，在我面前它很听话，它完全融入形象之中。于是剩下的只有形象了，留在那儿，钉子钉住了似的。此外再也没有什么了。在死去的孩子们中间，带着不自然的微笑，我两眼熊熊燃烧，长明灯般地照进屋子，悲伤的心情向外喷射。新闻界人士在场，我手里抱着的这孩子已经死了。这一个他们起先根本就没给我看，另一个我起先根本就没看到。是的，杰克把病传给了我，还不肯说这是为了什么以及我应该去感谢哪个。因为我的一切都应该感谢他。他吻起来如同卡萨诺瓦[①]，无论吻谁都是如此，就像和他的主顾们即社会公众打交道时一样。是的，杰克不需要缝线，他也不是缝线，这点应该是毋庸置疑的。确切地说，他是一只邮包，一只经常被打开了的、里边空空如也的邮包。等到他充满秘密

① 卡萨诺瓦（Casanova，1725—1798），意大利作家，有名的浪荡子。

的巨大能量悉数倾泻在这么多女人身上之后，这只邮包才姗姗来迟。什么也没留下。或者，一切都留下了，只是没为我留下什么。压根儿就没有什么我们。不，有的，我们是社会公众的主宰。我们的房子乃至整个环境都是公众给的。我们被冲制成突出于这个环境的样子，为了永恒。我们是为永恒而造的，但我们不知道为何如此。游于幽谷时，我们是为永恒而造的。四处求偶时，我们是为永恒而造的。光是假的。你瞧，这光，从玛丽莲那里来的亮光，是假的；正因为如此，这可怜的女人，这丝毫引不起我们兴趣的女人，也死了。我们都会死，但这个女人死得特别有道理。因为我们对她不感兴趣，一丁点儿兴趣也没有。就是对自己都还不认识的夭亡的儿女，我们的兴趣都还要大一些。这是为什么呢？我也不知道。别问我！我看见她的玉照，感觉无异于看见自己房间里的某件家具。我不许杰克和她来往，是出于对她的同情，你别误会，她从来就不是竞争对手，她压根儿就不是竞争对手，她什么都不是，虽然谁都理所当然地知道她。杰克她吃了会反胃的，我要说，她是吃不到杰克的。不管怎样说吧，她被撂一边了，省略掉了。而且这是因为她自己从来没学会节省。我本可以教她节省的，但她从没向我请教过。这就是所谓挥霍状的吝啬。假装说要慷慨献身，实际上在节省自身。我甚至都没假装过，没假装慷慨过。我是手缝的，一针一线地缝出来的，不会像别人那样很快就散架，尽管我有足够的理由这样。脑袋的右半边都不见了！到右耳下面的部分都没影儿了！小脑只和一点儿皮肉连着，悬在他头后部晃啊晃的，噢，对了，其实也可以这样来描绘我的新裙子，一如既往只穿一次的新裙子。也许是一条纽扣松了的裙子。我想托住他脑袋不让它散架，就像托住全家。家里的人所剩无几了，再也没人了。全死了，全都死了。这就是我的世界，是死亡。别人有教养，我也有，至少比那几个傻乎乎的、在各自朋友圈里却是中心的妯娌们有教养。这玩意儿其实谁都有。不过，每当感觉到自身有教养，我们就会马上起来和这种教养斗争，因为我们要保持自身的纯粹性。在惊讶的众人面前，我们对此也毫不隐瞒，我们是我们自身，不需要任何异物和他人。我们，不，是我，只是我，头发梳得高高隆起，后脑上是无边平顶筒形帽，紧身连衣裙，大纽扣的紧身短衫，朴素无华的大衣。我对那个玛丽莲说，她应该把自己节省下来给自己用，最好多注意自己，就像一如既往这样做的富人，或者像那些这样做以显得有钱的人。我就是个例子。当年我还不富裕，甚至还很拮据，相当拮据，但我是富家女。不，尽管如此，我们不需要节省。我们富人，即使在没钱的时候，也总是在场的，因为我们节省了自身。所以我们人数有限。我们打起精神抱成团，直到周围出现巨大的空白，出现这死亡的空虚，这白莽莽的雾气，这在私人海滩虚度的下午，这一醉方休的晚会，峨冠入云，长裙拖地。这就是全部奥秘所在，如此而已。不要一美元一美元地敛财，而要开始节省自身。你也该这样，亲爱的玛丽莲。遗憾的是，你只有两个版本，光的版本和影的版本。你本该利用的是空虚，而不是光和影，不是明和暗。一切都在你面前退缩，而不是都上电影院去看你——这种说法真是可笑！倘若谁都想独占你的一切，那么你怎么能节省自身？你还能剩下些什么？吝啬用光，这不算难事；但你要看见什么，还得需要光才行。光的问题就是全部区别所在。你，玛丽莲，不是别的什么，是光，是最大的不确定性，是独一无二的虚无，比我房间的桌子还要糟糕，那桌子上毕竟还有鲜花呢；比我假发上的便帽还要糟糕，那便帽总是歪着，并不愿在我头上长眠，而这时我身边的丈夫却不得不长眠了。不管怎么说，你走在他前面了。这些东西都是物质的。而你，玛丽莲，却不是。我要说，这玛丽莲，她不是物质的，她会腐烂，因为她是肉体。肉体即使由光组成，该腐烂还得腐烂！她甚至已经腐烂了，当她那一绺绺金发犹如灭火器的泡沫从棺材里嘶嘶地往外钻的时候，她已经腐烂了。我的便帽是定位的，而她，玛丽莲，当然老是忘了将自己定位。她的头发从棺材中钻出来，说什么也不进去，真是奇耻大辱，但她动不了，连手也抬不起来了。我的头发就不会这样。我的头发是一个纯粹的、冰凉的、绝对无光的黑色平面。堪称浑然一体。黑色能吸收光，把光关在牢里不放出来。对此她不习惯，这可怜巴巴的女人，对此她不习惯又习惯，她不得不和自己那始终愿意效劳的肉体斗争，想使肉体彻底转化为光。这就错了。总会留下点残渣的，犹如给猎犬的面包屑，给她身边那群狂吠不止的猎犬的面包屑。我总也忘不了那束毛发，从棺材里冒出来，就像蹩脚的女拉拉队长手里挥舞的流苏。她来自虚无，她这金发女郎其实不是金发，每星期都有一个俄国老太婆来往她的发根处抹上染金发用的氧化氢。难怪头发要外逃了，要趁这千载难逢的良机往外逃了！难怪她，玛丽莲，其实是由虚无组成的，她空空如也，她一无所有，尽管她本身还在：肥硕的身躯被缝在珠光宝气的衣裙里，那衣裙只能低语，因为它都快窒息了。生日快乐，总统先生，没那回事！她飞了，飞走了，绝对没错，尽管那臀部、那胸脯、那肩膀圆滚滚、沉甸甸、肉鼓鼓，都快走形了，勉强才能塞进连衣裙，实际上，她留不住，不能真正留住自己，留不住使她有形的东西。一个急需衣服的人，一个比我——我本身就是衣服！——更需要衣服的人，她不可避免地、急急忙忙地飞走了。这玛丽莲。头发不会再活着钻出来，这我知道。只要追求一种新的社会价值，就必定会有穿堂风；她就被猛烈的穿堂风卷起来，卷走了，一去不复返了。这玛丽莲。头胎自然，我是指在自然的东西、自然的本身第一次出生时，你是在场的，但很快一切又都没影了。你可以连着几小时不倦地欣赏自然，但如果它坏了——那就扔掉！别无良策。在我身上，你却能看到人工的东西的出生，这东西如此巧妙地把自然掩盖起来，以至于自然随之消失，而且随着自然的消失，生命也消失了，似乎它俩都是自然的东西。你瞧，生下的是自然的也好，是人工的也罢，效果是一样的。只要去碰它们，只要用手指去擦拭它们，它们就坏了。因此最好离得远远的！自然的和人工的，它俩经常都会快得惊人地起立离座。我们使它俩失去了平衡，在这儿，在这重要人物的秋千上，一会儿这个上去，一会儿那个下来，或者倒过来，一会儿那个上去，一会儿这个下来，而从这秋千上重重地摔到地上的总是你自己。你不是名人，老实点吧。跻身名人之列确实能丰富你的生活，但最好还是限于思想，到此为止吧。思想至少是看不见的，但思想需要你，思想离了你就无法存在！而我们这些要人就不一样了。自然消失了，生命也就消失了，这点我已经说过了，因为它俩本是一家，尽管并非始终同心同德，比如现在胸脯就必须真的做出决定，是否要和同属一类的臀部达成共识。然后还有脸蛋，还有大腿，这些都得与之协调一致。这样要求有点苛刻，但我们富人可以对自己提出这样的要求。我们对自己什么都可以要求，因为我们什么都有。是的，人工的不必掩盖它的人工性，它可以是其所是，保持本色。不过。如果自然也来参与游戏，也来玩，尽管它一直在玩，玩得不如人工的高明但一直在玩，那么，可怜的玛丽莲，事情就严重了！如果游戏开始了，那么问题就非常严重了，请相信我的话！在生活这所大学里，可以获得这样或那样程度的独立性。物质的东西，也就是下面的肉体，它把自己关门外了，拼命地找钥匙，是的，在玛丽莲那里就是这样。而我从不关自己禁闭，更不会以此来阻止人工性的胜利。那可怜的女人，好像丢钥匙还不够糟似的，她把钥匙扔出窗外，使得自己再也不能回归。她身不由己。而我自己决定我是什么，是谁，在哪里。肉体输了，来自郊外的输得特别快。肉体简直是从郊外蜂拥而来，只要我们去海边郊游，就会看见它们迎面而来，但它们总是从我们身边浩浩荡荡地经过，涌向售报亭去买我们的照片，尽管我们就在它们面前，尽管我们活生生的血肉之躯就在它们面前，哦，不，我们不在那儿，我们从不在人山人海的地方逗留。对，肉体并不总能毫发无损地经过，不过在多数情况下安然无恙。谁会对此感兴趣呢，除了别的肉体？肉体大都会错过我们，很快就会发现自己的局限，去年的裤子就穿不上了。我的局限是丝硬缎和毛料，始终如此。玛丽莲的局限是她的肉体。这再可怜不过的女人。光从我们身边逃走了，消逝了。她就是光。她是须臾即逝的，刚才还在这儿呢，转眼就没了。它会被输入某些感受，不过是闹着玩儿的，当不得真。这些女人不懂。那位自由世界的主人在离去前还匆匆地对她们说：你再不住手，我可真要伤害你了。他的小弟弟也对她们这样说，当然要晚些，他是第二个才轮上的。她们只让他第二个上。不过，这话玛丽莲已经听不见了，因为她操之过急，非得急着伤害自己。邪恶的光，轻轻地爬上银幕的光，它端上了虚无来款待我们，意在永恒。永恒其实最易须臾即逝，因为它无始无终，比那光，比那把人扔在银幕上任其饿死的光还易须臾即逝。难怪，这极具感染力，我丈夫也想模仿：让人伸出双手仍难免饿死。我们刚要从这托盘里拿东西吃，托盘就不见了。托盘消失了。我们放在上面的也一无所有了，空空如也了。瞧，玛丽莲就是这样。你去抓她，却总是抓个空。只有头发顽强抵抗，它不会从我脑袋里消失，它不会跑到我脑袋上。是的，在我这里效果也一样。你也没法来抓我，我不是肉体，我只是盖布，是衣裳！我的剪影永不改变。我是无法改变的。你越是不会抓我，我就越是明显地在场，但我这儿暗淡无光。光被我送走了。在电闪雷鸣的暴风雨中，在无任何隐私可言的情况下，我作为完全的公众人物却有完全的隐私，这两者互不排斥。我可以配上未亡人的黑框，我可以一身黑黑的寡妇服外加蒙面的黑纱，我可以是帕勃罗·卡萨尔斯[①]或者艾萨克·斯特恩[②]身边新落下的雪花，我可以晃动脑袋，惊讶地睁大眼睛，这可是我最爱摆的姿势，我可以像一年级新生那样屏气息声或者唧唧喳喳，因为碰到了有生以来的第一个问题：亚伯拉罕·林肯的床哪里去了？我要把床放到这儿来，我早有这打算。尽管如此，人们并没拿走我什么。我的丈夫可以丧命，我的小叔子可以丧命，成千上万的其他人可以丧命，命丧丛林？行啊，也可以命丧丛林，我无所谓，谁会关心死在哪里呢。但不管怎么说，人们没拿走我什么，因为我把一切都牢牢地锁在衣服里了，包括我本身。我既在又不在，既是也不是。我犹如吸人血的僵尸，一命呜呼了，但永远不死。人的愿望，对，包括对我的愿望，犹如滚滚波涛在我四周翻腾起伏，我是这惊涛骇浪上的航船，但一切都藏好了，锁好了，缝上了。货真价实的料子，货真价实的意志！高度的物质独立性，不，这还谈不上，这还有待时日。只想存在，仅有想要存在、还有想被保留的意志，这可不行！这话得对玛丽莲去说。她只想被保留，

---

① 帕勃罗·卡萨尔斯（Pablo Casals，1876—1973），西班牙大提琴家、指挥家。

② 艾萨克·斯特恩（Issac Stern，1920—2001），俄裔美国小提琴家。

只等着被人收留。她像狗一样等着好主子出现。这可不行。不能这样想，不能想要通过丧失自我而得到别人的庇护和收留。若是这样想，其结果只能是：打电话，吓得直哭，打电话，四肢发抖，打电话，塞进安眠药栓，打电话，吃下种种禁果。我承认，这种事情我和杰克也干了几年、几十年了，但并未受到什么伤害。吃下去的确实不少，倒出来的极为有限。我们就是这样。幸亏雅各布森博士在法庭上守口如瓶。我恳求他，恳求这位无忧无虑的店主保持沉默，除了我们这些常客，别把菜单透露给任何人。多谢了，雅各布森博士，谢谢你信守诺言。不像那位名叫死亡的博士，那老兄总是招引街谈巷议。不过，话又说回来，死神就得自吹自擂，否则谁会心甘情愿地接受它？可怜的玛丽莲，这话我不得不说，她想振作起来开始新的生活，可为什么偏偏要和我的杰克！为此，她还擅离摄影棚，离开了再也没有进展、只是原地转圈的电影事业！她准是疯了。被炒鱿鱼了，什么也没了。纪律至上，对，我就守纪律，我们家里的人都守纪律。我是，该怎么说才好呢，我是规矩人。我是自己的家具。我比别的东西耐用，因为我是血肉之躯，同时又不是血肉之躯。我是由这款或那款裙子、大衣、休闲服组成的，在大多数情况下是由裤子组成的。我是衣服，是不同的衣服款式。对了，还需要光，有了光才能看见衣服里的我，才能辨认衣服的细节。玛丽莲就不同了。光芒四射的光不需要细节，哦，海星，海星，向你问好！这里没有助人为乐的圣母马利亚。她不帮女人。她喜欢男人。像所有人一样。我也是。不过，我喜欢自己，换句话说，我喜欢站在自己身上，使自己显得高大，尽管我也不算矮小。犹如一只饥肠辘辘的秃鹫，我站在自己身上，叼出自己的血肉，让大家知道我也是血肉之躯。他们还真信了！不，他们没信。尽管如此，我推出的这档节目还是不错的，难道不是吗？有什么掉下了，我不知道是什么。不知怎么地，这东西让我烦躁，就像碎木屑掉在身上，掉进我海滩上穿的薄薄的条纹套衫里。这次还是不行。表露内心情感让众人都看见，这是极其痛苦的事情，请相信我的话！喂，有人在家吗？埃塞尔从我、从我的举止上推断出没有邀请她的意思，所以一肚子气。告诉你，埃塞尔说，我无所谓，对，无所谓。然后对琼说，你能想象吗，这姑娘承担着怎样的压力，尤其是现在又丢了一个孩子？告诉你，这姑娘依赖药品或者其他什么。她一边这样说，一边奉承我、安慰我；但我根本看不出，她说了我这种话或者其他什么。不过这总是他人，不是地狱。所谓其他什么就是他人。如此而已。当然我是完了，毫无疑问，完了。既好不了，也坏不了。我们大家都有压力，毫无疑问，都有压力，但我是压不垮的。任凭你怎么压，使劲压，什么也不会压出来，连水都不会。我还是独自一人，我透露给你一个秘诀：永远别和其他人搞在一起！我最希望能回归自我，安慰自我。不过也没人在这儿。这儿连头发也没有，比如玛丽莲的头发。头发早就自己掉了，要怪那该死的癌症。这真滑稽。连能掉的头发也没有了。假如我是身体的话，我会为此而惊讶的。我在自己眼前挥了挥手：喂，家里有人吗？但我只是看着我自己。我为什么不能看着我自己？其他人不全都这样吗？不，不，没人在家。连我的头发也不在。老天爷，你倒是睁开眼睛瞧瞧啊！连我的头发也不在家。完全没法住了！我又得修缮住宅了。帷幔我已经挑好。这些帷幔不错，不会有人再来问起我的头发。对，我们就这样做。毫无疑问。

死亡与少女

V

（墙）

第一幕

西尔维娅[①]和英格[②]正一起杀一只雄性牲畜（一只公羊）。她们把睾丸扯了下来，把血往自己身上涂。看上去要很野蛮、残酷，和说话内容完全相反！这之后她们的衣服不能再穿，女人们得换衣服。英格博格穿上农村少女服装和登山鞋，西尔维娅穿的则是连衣泳装，式样是五十年代的，但也穿上了登山鞋。

至于台词的分配已规定好，但人物也可以多一两倍，段落只是表示说话时的停顿，不是用来区分西尔维娅和英格博格的，她们俩代表许多人。这次，导演先生，导演女士，至少要大致执行我规定的舞台动作的说明，因为这次

① 即美国女诗人西尔维娅·普拉斯。

② 英格博格·巴赫曼（Ingeborg Bachmann，1926—1973），奥地利著名女作家、诗人。

它们是剧本的一部分。在此深表遗憾。

冷静一下。你刚才把精子和输精管一起扯下的那个人不是乌拉诺斯①，他站在上边好让我们受孕。你也不是克罗诺斯②，把那玩意儿③随便往海里一扔，或往他母亲的阴门或其他什么地方一扔；你不是泡沫④，不朽的肉体可以在里面畅游；你根本就不是这个阿佛洛狄忒，可以穿着新买的比基尼走出来直接走到乱闪的闪光灯下，这种事情你根本花钱买不来。就你这身段。但愿情绪马上平静下来。不明白她干吗这么激动。总归会有人从海上来，把精子随便这么一撒，想撒多少就撒多少，用不着我们帮忙。不会是我们。假如我们把它拿起来，它永远成不了大气候。就算我们拿起镰刀⑤，它也不会有出息。也许是兔子的饲料，除此之外什么也不是。也没有孩子可吃，根本没有。至少我们喜欢性也好点，可我们为什么要喜欢？就因为我们告别了性别？可我

---

① 乌拉诺斯（Uranos），希腊神话中的人物，从地神该亚的指尖诞生。相传该亚在太阳自东方升起时许下诺言：要将希望的种子植入每一个在地球上出生的生命。

② 克罗诺斯（Kronos），天神乌拉诺斯和地神该亚生出的巨人之一。

③ 克罗诺斯把他父亲的生殖器割了下来，见剧本最后一部分。

④《神谱》里说乌拉诺斯的生殖器被扔到了海里，海里涌起了泡沫，随后阿佛洛狄忒诞生了。

⑤ 参见剧本最后部分。

们进去的地方只有石头。你正处理的那只羊只是我们的伯利。它的母羊们正等着它呢。它们还不知道发生了什么事儿。它们也在得墨忒耳[①]那里等它。我们本该今天送货。这次他们白等了。施帕尔[②]货架都空了，现在还空着。永远空着。

那当然。那当然。就它现在这样子，他们不会要的。

就是我们把它收拾完的样子。

就是我们把它处决完的样子。里塔总是这么说，不对，里亚。可根本问题真的还是对那玩意儿的追问。我们到底有没有那玩意儿？

现在我们有了，但是假的。不管真假，像裂瓜似的一下子裂开，把内脏喷射出来让我目瞪口呆的东西永远成不了世界。

这么说西瓜种子还从来没结过果。反过来你看看乌拉诺斯

---

① 得墨忒耳（Demeter），希腊神话中农事与丰产女神，婚姻与女性的庇护女神。但也是瑞士一个店名。

② 施帕尔（Spar），世界著名食品连锁店。

的精子孕育了什么！伟人。这事儿你还从没见过呢！腋窝处有一百只粗壮的胳膊，每个人，肩膀上有五十个头！都成了替身演员。挣得不错。人只需把它一撒，精子，完事儿了。记者们只需等待，接着满面红光的人，女神，两个两个地，走进庆典馆，穿的衣服紧绷绷，令人恶心。她们的脸蛋活泼可爱，努起小嘴，我是说给嘴唇喷点什么。

英雄般的人物？我们不是。领导一场有利可图的战争？我们不能。尽管如此我们正全方位晋升，可我们根本没理解晋升是怎么回事。我们想要这东西，只是要超越它，我们始终相信这一点。可我们想要这个，因为我们太漂亮了，死了可惜。好了，开始。告别紧急时代。用这东西这东西这东西示意。一个后手翻翻过篱笆，跳到墙①上，然后掉下来，只要是这么回事一般都这样，对其他人都不是病例②，除了精神病学，事情就这么简单。这东西我们寻找了好长时间，可早就是多余的了，就像认知本身一样，在还没产生认知前也早就是多余的了。写作时我们进行判断，发疯，法院，把我们自己固定住，可砰的一

① 本剧副题和剧中的“墙”，暗示奥地利女作家玛尔伦·豪斯霍费尔（Marlen Haushofer）1963年的小说《墙》(*Die Wand*)。

② Fall，“坠落”、“落下”与“案例”、“病例”是形同义异的词。

声，我们已经从墙上掉了下来。在我们还没上去以前。在我们还有婚可结或有门可关以前。否则的话我们没什么可缔结，没什么可锁的。因为我们什么都没做。我们完全忘记了家门。刚才还有人把我们挂到那儿呢，现在我们又在下面了。我们想把我们的相片挂到墙上去，不想墙已经裂开。

这堵墙是我的！你到别的地方吹去吧！现在我在说话，我的话断断续续，带血腥味：我努力把我的写作建立在我认知的基础上，可不管我如何努力，不管我写的内容指涉什么，见墙，凡是我能写的东西毕竟都是我看到的东西。可惜我看到的东西还不多。我想走了，还想看点别的东西。我想外出旅游，了解一下外国的风土人情。

听着，不是我们，而是另外一个女人一下子想到了墙，据说是堵完全隐形的墙！这样你好有理由不去旅游了。你就可以留下来，因为你根本不可能走开。你不必走进生活！

胡说。要先给我们一个对象然后才能认识它。而且对象不能总是一个！如果一个对象，比如说这堵墙，我能把它描写得像真有这东西似的，像准备好一个器械，人们可以用来擦出一点思想的火花，像目的，不对，像图钉，不对，用来密封。那么我们可以去把自己密封起来了。

你可能想说唤醒吧？不。唤醒没什么意义。为什么？为谁？

用个图钉把密封的东西唤醒，现在任何一个年轻的作家新人都能想到，可他无权对年长的我们颐指气使。是的，于是人们就向墙倾诉，然后它本身就是裂缝，自己呛了一下。假如有人把自己挂上去，就没人把他挂到里面去，我是说挂到那儿去或者让人挂上或者挂起来或者我怎么知道该怎么说。很可能只是墙一时的疏忽。没别的。我们也无能为力。

有裂缝的墙我倒更容易想象，对我来说裂缝可以是你能消失在里面的裂缝，但墙要是一堵隐形的墙，可人活着也并没比告别生活有多少进展，这我不能想象。你曾消失在一条缝中，说这话的不是你吗？这么说你说谎了。墙还在，你也在。注意，现在你试着往墙上撞，撞到你脑袋想不出办法来为止。你死在荒漠中，你在沙子中完蛋，这沙子是在几千年时间里从隐形墙上脱落的，风化成粗面粉。烤吧烤吧烤蛋糕吧。可墙仍旧不是看得见的已知物，它现在是将来也是隐形的。你没办法了，你自己走人。你走掉其实是一种新的基本姿态，是对所有已存在事物的姿态，少的话你不干呀。少点儿对你来说不够，哪怕少点儿也够多的，对你是不够的。姿态是你能采取的唯一立场。立场就是转向自己丰富的内心世界。人看不到多少东西，像墙一样，如果你要我说的话。这指的是人的认知能力，不能忘记这一点。可如果认知的对象是另外一个人，那就不行了。可这样一来他就是墙。旁边是你打破的脑袋，到底谁把脑袋放到那里去的，你毕竟不是牺牲的女英雄！有这么多东西可以认识，你却非认准这堵墙，你之所以只认准它，为的是把你自己弄到那儿去。人总要在什么地方往上爬，然后就是你那砍下的脑袋，露出奸笑，有时嘴里还有大蒜，人能得到的就是这东西。或者是一张购物单。上面的货都是非买不可的，非要收据在狗屎、鸡骨头和苹果核中碎了不可。接着你得自己站岗。不管它是不是看得见，墙，不管怎么说你总是站得太近，结果什么也看不到。你还以为因为你看不见它，所以它是看不见的。你溜之大吉。被你的痛苦迷惑。可人逃掉的话，他自然就更容易看得见，这你知道。之所以这样，是因为这事还从没发生过，现在所有报纸自然都登了。我想，这只因这堵墙无法反驳，这一点刺激了你，所以偏偏在什么都没有的地方把自己塞进去。突然空间变得狭窄了。据说连这堵墙都爱你！好让你存在于世！你贪得无厌。你活该被它吃掉。假如那儿只有墙，人怎能认识事物？我略知一二。方法就是你往墙里挤，然后马上让自己变成墙。你非要进你不该进的地方，只因那里还没别人。你为什么喜欢这样做？我听到它怎么吃你来着。这可不是美事。我听到它把你大卸八块，用牙咬你，认知的墙。它太无耻了。让我来！我都等不及给我下判决了！你是无法忍受这事的。

停住，停住！等一等！有一天我又在自己面前逃之夭夭了，在这之前那里一直都有树来着，可这次确实没有了。所以以墙为例。我只见树木不见森林。我以为和以前一样看见的是树，但突然间有了这堵墙，是透明的。只有女人才描写这事情。她们毕竟也害怕原子。男人不会在看不见的东西上耽误工夫的。这最终又牵涉到我们，可我们根本就不是！他们会事先计算出什么事情的影响范围，其结果：影响并不大！半径很有限，虽然我们的认知明确指涉所提到的客体。可客体明明是透明的，却声称它在那儿，让人怎么认识？

哪有这事！擦得干干净净的窗子当然总是清爽得看也看不

见。这可比清爽得像面汤要好多了，面汤里调味品咆哮着翻滚着，我们每天都在里面游来游去！人在里面淹是淹不死的。假如男人觉得汤不好喝，那我们的命运就系于汤匙了。这一点我们还是很清楚的，记住！记住人至少得明白有些东西是可以看不见的。

思维就是认识事物。不，不是这么说。在我们把我们对事物的看法向别人陈述前，先要有这事物，要能看得见它。可人们造出一堵透明墙来，动机显而易见：这样可以不必等待，马上可以陈述他的看法，因为人什么也没看见。人在那里碰了壁，随便什么东西都跳不过去，随便那里有什么山羊。您想象一下吧。人看不见那东西，可又越不过去，这就给人带来无穷的痛苦，这点很重要。有痛苦是最重要的。有些英雄在私人生活中是很可爱的人。为什么他们折磨自己，不知道。爱情空话连篇，假如得到回报，则给人以慰藉，否则只能又成为不安及写作困难的缘由，然后费尽口舌对爱情加以否定。人得靠什么来活命，如果除此之外没有其他经济来源的话。生活费，必要时可以让墙承担，墙是不给人任何反馈的。特别是它透明的话。应怎样用认识人的本性测定仪来测定男人是不是有人性，不对，是否女人有人性，不，是男人。不。是男人。男人简直没人性。女人相反是有人性的。她是唯一有人性的东西。墙可以直观，也就是说，假如人能看见它，它就是墙。然而它是透明的。没回声，什么都没有。女人在里面，其他都在外面。写作的人就是这样想象的，他们探求悟性，检验他们在计算机辅助断层成像中的思维能力，为的是让自己确信有思维能力。我在这个成像工艺投影仪上看到了什么？一堵墙。现在图像从墙上反射回来。遗憾。一面墙没有自我认识，没有外形，没有形状，但是我们应该有认识呀。但愚蠢的是你连墙都没认出来。

叫我怎么认出！假如我看不见它的话！你忘了我想不起来这堵墙了。我想起了那边另外一堵墙，发疯的墙，不对，是拿着碗站在障碍物前，我是唯一敢冒险跨过它的人，不对，是拿着我放在障碍物前的碗，我放在那儿好让别人看不见我如何拿走的，不对，好让别人看不到障碍物本身。好让别人不知道是从哪儿跳下来的。我想真诚。可我也想突出！重要！那里的墙是透明的。它连碎片都不是，否则的话还行，它是我们认识事物的糟糕主体，它是我们认识事物的一般主体。可观与思如何区分？假如人什么都看不见是没区别的。是说尤其女人什么也看不见吗？很可能。她擦了这堵墙，一直擦，擦到人们看不见为止。用图可拉[1]，尽管擦你的。阿塔、维姆和齐施，我是说齐夫[2]也不用。

可写写它，我们大家都能。我们不必知道什么。我们不必体验什么。可写作，我们都会。我们用崭新的灯探求新认识，灯是我们买的，看上去比原来的贵，这个认识。灯也一样。怎样让我们的判断不矛盾，让我们的认识矛盾？不对，反过来，不对，对的，也就是说假如除了这堵墙我们什么也认识不了的话，到底我们怎样做出不矛盾的判断，好让我们获得正确的认识？

拜托，别把我的墙偷走，是我先有它的！开始我没看见它！而现在我擦墙擦了一个多小时后才发现它是一面镜子。假如我事先看了清洁剂上的使用说明的话，就会发现这种清洁剂只能清洗玻璃器皿和镜子。擦墙应该买别的。可假如它是镜子，我也能看到我呀。假如我是它背面的黑东西，假如它背面还有其他黑东西的话，才能在玻璃中看到。可背面什么也没有。没

① 图可拉（Tuklar），一种家具清洁剂牌子，字面意是“把它弄清楚”，然后套用了 Tue recht und scheue niemand（“行得正，站得稳”）的句型。

② 文中提到的这几个词都是清洁剂牌子。

问题。吸血鬼一直相信它没镜像，而这里根本没镜子！这也许只是厨房铺了瓷砖的墙。虽然人不能往里面照，可它不是镜子，这还远远不叫人有所思。可惜。人可以看到什么，人也可以思考，从我这儿看是左边，可在镜子里则反过来，所以实际是右边，那好吧，你认为是墙，可它是不是一块黑板，用来书写什么的？上边的光线暗了，不，那是我，我还没明白[①]呢。好吧，我擦的东西像以前一样透明，或者它根本就不存在。

如果有人比一个是女人的人还聪明的话，早就能发现这一点了。

喂，它是我的，这堵墙。我已消失在里面了。可以说我看到它了，不是这样，没说什么，是从里面看到的。那里看得更清楚。女人一直擦，直到她的客体消失。人们能这么说我们吗？女人把东西擦了，然后又把它从她那儿拿走。可惜不是给她的。这是种经历，我可以告诉你，在我知道详情后！猴子跑过森林，一只把另外一只杀了，谁偷椰果，谁偷椰果，谁偷了椰果？

---

① 原文是 das Licht geht auf，德语惯用语“明白”，按字面解释就是灯亮了。

你做这一切只是为了强调你是个写作的女人，测定值比其他被测定的女人高。你最好在那些注定只剩美貌的女人面前自负。在她们那儿你自然被排除在外。你不可能属于她们这一类。可我们大家都注定是美人，但不是每个人都认命。随便吧。你清高吧。你运用你的自测仪，手柄亮起红灯，通电了，一切准备完毕，现在你测定一下你自我检测能力有多少，你检测一下，检测一下你自己。然后接通变压器的电源，自我检测工艺中，像你这么幼稚，像你这种会很幼稚的人，哎，随便了，会产生认知能力？不会。判断。已下了判断。虽说要想有认识判断彼此不能矛盾。这里的认识是，五十个超级模特中谁最漂亮的排行榜是什么。可你根本不给判断彼此反驳的时间。你总是草率地说出你的判断，但从不匆忙。它们不是条件，它们是说出的话，仅此而已。正因为是你说出判断所以就等于判断说出它们自己。我是说，你刚刚说出判断。可一旦你说出它们，它们就不是判断了。我也总是后来才想起我的判断。算了，我也不知道。我该怎么对你说呢：你认识到你可以在墙里消失，假如你把这种认识的本质看得很绝对，那么这个矛盾，你明白，即墙、消失、墙、消失，悖谬，也就是说这个矛盾成为真正的认识是很恰当的。否则你早在墙上碰得头破血流了。你也这样做了，我知道，我知道。你看上去总归有点瘪。你的漂亮与我的不同，可你在某种程度上说也漂亮。自然我是最漂亮的。我既不需要后母也不需要镜子就知道这一点。

什么？我不漂亮？

不，你也漂亮，但你是另外一种漂亮。我漂亮是因为人必须漂亮。你自以为漂亮，但你没那么漂亮。也是一种认识，但它没有任何客体可指涉，因为你根本就不在。你在墙里，完了。或在墙前，死了。就像这位世界知名登山队员的兄弟。或者从下边来得及逃生。但刚才说了，不是女英雄。你肯定会给我们很详细描述的。

不，你作为“我”也漂亮。你不一般，可像我。我是指你身体撞墙的运动。但要到我们先上了墙，你等着，等到你的身子不再一成不变地在平地运动。假如你在墙里吊着，你就会很快忘记它的。你还会希望只见树木不见森林。因为你看不见的东西不会是森林，尽管如此你还是把自己的脸在墙上撞破。连新的口红都在里边了。然后它粘在墙里，理解已知的东西，不对，是已知的东西理解口红，口红叫特拉科塔，是卖不动的克里尼克系列产品，我是指被克里尼克弄得滞销的系列产品。

快给我滚开[①]！你没看见我躺在这儿了吗？我难道是透明的？我在这儿躺着呢，你难道没看见我正四脚朝天躺在岩石上，在祭坛上让身体一张一弛，感到太阳正糟蹋我，真棒，冷漠高大的自然神让我浑身炽热。

你站在上边，我是指你躺在上边的东西不都是祭坛！如果你现在还想说你的情人躺在你身下，他身体既暖和又变态，又像刻出来似的，摸上去绝对舒服，既不柔也不软，也不是汗淋淋的，而是干燥、坚硬、光滑、干净、完美，如果你现在再说一遍这种话，我就走。我马上走！就这样！我警告你：我带走阿波罗！然后你就永远没有干燥、坚硬、光滑、干净、完美的东西了。然后你也就再也不乱写这方面的事了。噢，不，请原谅，阿波罗根本就不在。假如他在的话，他早就走了。不奇怪的。假如他还在，那么我们会爆满，我们会从墙里大笑起来，我们根本闭不上嘴，连墙也会有种种理由变得透明。它就会让太阳神开着新买的保时捷通过。

① Geh mir endlich aus der Sonne，还有“别挡光亮”的意思，从字面看是“给我从太阳那儿走开”。

对不起。可太阳当然是我自己了。你所看到的只能是我。你看到我了！假如你自己气炸了肺：你就在我的祭坛上看到我！可你宁愿看到一面隐形墙。还值得？好了，谢谢了。你对此想象得太一般了，但你没明白。你对此没个概念，这个概念你无法说到点子上，现在这个点子成了你脑袋前的墙，可你连它也看不见！原因是对男人总是这样粗鲁，可他们毕竟是我们的。他们像一般概念那样在你面前，你只需动手去抓，可你不动手，你宁愿自己对其他事情有个概念。好吧，祝你愉快！概念也许还是题材呢，男人或许是一部小说或广播剧的题材，墙也完全可以是，但只能通过你的清洁剂俯视你的发胶，好了，不管怎么说，有清洁剂才能看透彻，也就是说这样看问题的话，感受到的和耳闻目睹的东西都不是严格意义上的题材。就像太阳不是一样。你不能写作，因为你不能把所说和所指作为认识的对象来描定。可你称呼它错了理解也错了。到你这儿什么都不对了。你说男人坏话好灭掉他，后来你才发现他站在透明墙后边，这面墙你擦了好几个小时，擦得这么干净，只为了抓[①]他时看清楚些，这个男人，你亲爱的爸爸，可你不能抓他。他

---

① fassen，可以是“理解”的意思，与“抓”是一个词。

抓不到。反正不是你抓的。真不可思议。

第二幕和终场

两个女人一起在木桶上把公羊尸体的血挤干，血滴进桶内，家务活儿做得很漂亮。其间她们换了衣服，行动显然很小心，以防血再溅到衣服上。只是脸上还是脏乎乎的。

她们累得直哼哼，但干起活来很自信，很在行，她们知道该干什么。她们是行家里手。

一、我决定建立身体关系，以性交，把兽性和自由看作是生活的另一半。

二、我不能以淫乱来满足自己的同时还让社会（这个讨厌鬼）尊重与支持我——因为我是女人，所以是对男人自由妒忌的根源。

三、既然我是女人，就得聪明，如果我——可能性很大——不能再找到新的伴侣，就得想尽办法让自己无法忍受的晚年生活有所保障。也就是说有一点是肯定的：我要为一件事而尽力，即通过一般途径找到伴侣，就是结婚。这带来无数问题。因为我已到了可以决定结婚的年龄，所以我现在就得小心。我得将上面提到的弱点——自恋、妒忌与傲气——尽可能理智地克服掉。不，自欺欺人，我做不到！

通过这种追问无法回答。通过这种回答无法追问。所有英雄都死了。剩下的彼此在舔。他们还能干什么。我们给他们点儿事干，比如给他们点儿吃的！我们用别的东西堵住他们的嘴，别总把他们那命根子放在嘴里！难道这主意不好？这能让鬼府更舒适，对我们所有人都有好处，我们毕竟想让我们和他们都舒服，不是吗？在鬼府，他们就是影子。强大的影子，他们虽然自己挣脱出来，撑在山羊身上，摆动着腿，可这个恐怖山羊却死了！他们劈着腿悬在它上方时才发现。然后跳山羊很快就结束了。女人可以不依赖任何东西了。英雄们终于可以把自己从支起的器械中扔出去，可以事先先喝完我们煲的健身汤，好喝的汤，嗯，嗯，在支起的腭帆里吧唧吧唧的，听上去像情话，这个汤。就这样。现在他们舔干了血！你们可爱的死者，快过来呀。这么说这汤可以起死回生，我相信，我们现在只需尝试一下。（喊：特蕾泽！玛尔伦[①]！）你这个女人，我现在真不知道你是特蕾泽还是谁，不管她叫什么，我指的可是瞎子，让她来！跷脚的再等等，可不用等很久。连她们都火急火燎地要上去。但是特蕾泽先来，她得直截了当地告诉我们实话，好让我们在条件改变时验证一下是不是真是她。好让我们也能把她们转移走，这些逃兵，她们自欺欺人，真可怜，请吧，她们这就跑起来了。我们先得检验一下，真理。我们只好这样了。假冒的女医生。糟糕的女自然疗法师。使用疗法，她们基本上走错了路，还没动身就错了。要是我们不能获得认知能力，也是因为我们还不能体验因为我们很少能学物理因为我们很少能学数学因为我们很少能搞懂科学，然后我们只能拥有对人的一般认识。还有对大自然。我们是这两方面的专家（使劲在挤羊血）。

血流进水桶。

我现在奉劝影子回到现实中来。请上桌！跪下并做饭前祈祷，然后狼吞虎咽。吸血。也让血流到卫生巾和卫生棉条上，如果有必要就在意味深长说什么的时候。这就很好地转移了他

① 指女作家玛尔伦·豪斯霍费尔。

们的注意力，就像窗户上的苍蝇。这种表达会让女人摆脱她们甜蜜的忧虑。这时她们已急匆匆赶来了，那些死去的女英雄，只是我目前还看不见她们。这一切都是她们引起的，而现在看也看不到她们。费了半天劲儿为什么？我们站在灶台前有几个小时了，可要到我们收拾完桌子后他们才慢慢腾腾地坐下，从他们那累垮的高头大马，格拉纳或者叫什么来着，伊尔奇，不对，不是这个，这是假的，往下边的山谷里看，那里荒凉一片，难以想象，影子在那里站了起来并炫耀着，好让别人马上看到他们的生殖器，这些影子，他们自己就是，他们自己还可以在电视里看到自己。好像他们还不够多似的。他们早就太多了。屏幕把他们自己反射回来，打飞的球永远做乒乓运动。所以才有投影仪这个词，还没这东西之前我们就用这个词了，只是他们最终回来后和他们的画面不太像。是他们又不是他们。如果一个物体被抛到这种生存状态中[①]，最后又因手没劲让它停下来，人们就称它是理解力。只因他们抵抗，这些影子，他们还远远没长大。这只能说太阳的位置错了。它支使不动我们。现在死人来了。从黑暗中来。从鬼府来。我们派他们去，他们又死着回到我们这儿。一切都糟糕透顶。你在厨房里一站就是几

① 海德格尔术语中也有这种说法，对海德格尔而言，此在之生存本质上是“被抛”。

小时，然后就是这种事。这种吼叫，你听到了吗？他们所有人还想抢在特蕾泽前面吃，可他们不想靠特蕾泽养活，他们在她面前都不敢上桌。谁知道特蕾泽会对他们说什么，还没等事情发生呢，她都说出来了，否则的话她就不值得到血汗钱了。很可能他们不愿意帮着准备餐具或收拾桌子。可做这事儿我们不是还有自己的屠夫①嘛。他会来的。他有个小型货车，一旦把他们处理完就把他们带走。

说了半天还没人。我们是不是就是影子？是不是我们自己就是应该来的人？我们的祭牲品好像还瞪着我们，就像房屋窗户的碎玻璃，早已人去房空。只剩墙给我们吗？墙是我们的命运。该隐是另外一个人的命运。你看到特蕾泽了？

没有。我想象她弯着腰看我们桌子上的一锅菜，从锅里找些剩下的瘦肉，立刻狼吞虎咽起来。你不是知道她的嘛。她吃饭总是挑挑拣拣，找到最好吃的才行。否则她搞不清楚会发生什么。剩下的她不管了。女先知就这样。和真理做空头买卖，尽管如此她们的股票看涨。只看她们想看的东西。假如她们看

---

① “剥兽皮的人”是Abdecker，“收拾桌子”是abdecken，作家的文字游戏。

到什么可怕的事情，要么和太阳神的动物有关，太阳神也不能到地球上来一起从事农业生产；要么就是和其他的女人有关，从来和我们无关，我们不是知道嘛，这样的女人后边有众多追求者，所以为了摆脱这些男人，她们就成了封面故事或至少上封面。在这上面人人可以摸她们，但她们感觉不到。是的。女人也会死！只不过晚点。她们照片的寿命要比她们自己长。

瞎子也许无法选择想看什么不想看什么，你知道吗？

我相信我刚才看到我母亲了，她想赶在特蕾泽之前悄悄走到饭碗前把东西全吃光。这样就不给特蕾泽剩任何东西，她没别的办法。很可能妈妈至少想吃一次不是她做的东西。可如果拒绝她给的东西，就会马上得罪她。妈妈！我说过，先是特蕾泽，可我母亲到了门口还不允许我邀请别人吃饭。连死人都不行，更不用说活人，对她来说他也许是竞争对手，她无法忍受。可每个自动清洗的烤箱不也是竞争对手！妈妈说死人没礼貌，他们不是我交往的人。要么他们一下子吃得太多，都给我们吐出来，或者他们很挑剔，他们要吃饭也许就是为了被饭吃掉。现在牲口该有戏唱了。阿希尔或其他什么人，我相信克里丝塔认识他。她要把他的电话号码和电子邮件地址给我。当然他可以明天到我这儿来，和他一起来的还有十几个人。假如我在此之前能联系上他。越多越好。

被汤吃掉！走开，西尔维娅！

不，我说得对吧？相信我吧。影子原先声称他们一夜都开着门来着，可送饭的人带着他那一帮人走错门了，走到隔壁去了，我们本可以在这群人中找出点什么的。现在连我们都想送货，可没人来取我们可口的饭菜。这头牲口不能带走。这头牲口还得杀死其他人，还得清扫，然后重新粉刷墙，把照片挂上盖住影子，好让别人什么也看不见。

> 她们把挤干的动物尸体随便一扔，然后把血倒进塔珀牌器皿里，每个人往旅行包里放几个器皿，最后背起旅行包爬上墙。

我向太阳问候，可他没反应，赫利俄斯[①]觉得自己高贵得不能向人问候，但我抓着石头，石头很烫，这么说一定是我无

---

① 赫利俄斯是希腊神话中的日神，后来逐渐与阿波罗混淆。

法辨认的太阳在这儿，否则谁还能把石头烤热？天气不好时我再观察：石头始终都是凉的。我打开开关，把汤放上，太阳能把汤给我热好。我不打开开关，把汤放上，太阳让汤完全凉了。我根据判断力做出判断，即存在之物可以改变，且在不同条件下，我把存在之物设为条件。是这样的：如果阳光照耀时我打开这个开关，太阳就给汤加热……我不打开，就没阳光，树木可以傻乎乎地彼此对视了，因为它们也等阳光来着。我不让它来。但也有可能赫利俄斯根本没在我们头上。

说这些闲话时连影子都起来反抗了！就像棉纸做的航模被人议论，现在麦克风关掉了，它们在乍起的微风中悠闲地乱抖动。它们的外壳随风飘动，簌簌作响，就像死昆虫的翅膀。可如今连歌曲大奖赛都能造风。就这样。现在风的开关在哪？为了打开风的开关，我事先得把汤从太阳里拿出来。我只有这一个炉盘，可我总得开着它。它都发烫了，可我并没感觉无聊。正是为了这个我才结婚的。现在太晚了。现在我有这个漂亮的烤箱，可以不慌不忙地把头放进去，把它烤熟。不要忘记事先上好厨房里的钟！我的孩子们现在可以安心待在隔壁房间里了，我们眼下有了新的炉灶，不止一个炉盘。如果我们买个新炉灶，我们甚至有四个炉盘，我们几年前就念叨这个了！毕竟也要把他们放上去的，孩子们。有个同事后来还把孩子吃了，他叫什么来着？这种残酷的事儿我永远不会做！这种残酷的事儿我连想都不愿意想，虽然也常这么做。凡能尝的都已尝试过了。如果我现在尝试一下别的，明天哪儿都能买到了。你好！影子已来了。

这么说影子之所以来，是因为你没把开关拧到菜谱规定的挡上，没打开太阳。

可我想让影子来告诉我们我们那些堕落的女友做些什么！

她们招人喜欢。还能有什么？她们总是这样。此外你得把开关调好，汤用中火煲正好，开到三容易糊。不知什么时候太阳开车走了，害怕自己烧死，怕舒舒服服地失去知觉而失去自我，怕失去地位，怕消耗掉，大家好，后代们！像夏威夷吐司一样消耗掉，假如还有什么人知道这东西，像布兰妮·斯皮尔斯[①]那样甘于奉献自己，假如还有人知道她的话，不，不是她，

---

① 布兰妮·斯皮尔斯（Britney Spears，1981— ），人称“小甜甜”。美国女歌星。

她不是唯一的，不知什么时候太阳走了，像闪光灯，不对，像汤里一道闪电。电解。但还是发现了什么！然后一切都明白了。氢和氧。像大多数东西一样看不见。特蕾泽的专长。可最终出来的也许是我们的影子，因为是我们在这儿做了点好吃的东西，不，不，它不要。不想来。特蕾泽！（两人喊道：特蕾泽！玛尔伦！特蕾泽！玛尔伦！）你得告诉我们我们那些死去的女英雄现在在和谁性交！我们好能讲给别人听。也许讲给杂志，谁知道呢，也许它会问我们。

特蕾泽肯定还会告诉你她们在跟谁性交。没理由妒忌。结果如何完全不必考虑，因为到那时已经不流了。我走进你的思考，所以没能认出它是思考，现在我四周到处都是思考，它是不是正痛快使用的真理完全不重要了，它在小石子上兴奋地蹦蹦跳跳，然后又不声不响地滑走了，实话，特蕾泽应告诉我们的实话，可她不想喝我们的汤。太阳根本不想给汤加热，明显的事发生了：像以前一样，大众从中得出错误的结论，现在该轮到他们了。汤凝固了，不由自主地捂住脚，马上又扭伤了，因为它做不到让这个发酸的真理客观化。刚才它还从汤嘴里流得挺顺，真理，现在真理只是有浓汁的炖肉，里面有碎末。搅拌的时间就是再长，现在谁还吃？遗憾的是我现在已失去自我，所以特蕾泽会来，也可能不来。她不告诉什么事。但希望她能告诉我们。我们现在只缺特蕾泽，她可以给我们预测一下她会说什么，她到底会不会说出点什么来。

如果你问我的话，她要不想喝这汤只需看一眼它就行。通过理解力，我是指通过扭伤，我是指通过客观化永远不会让汤具有客观性。所以它永远也不会热了，不管我们拧什么开关。它根本不适合人体吸收，如果你问我的话，我们本不该费那么大劲儿做它。

现在两个女人端着盛满血的器皿往墙上爬。

（她们喊）爸爸！爸爸！

（她们疯了似的大喊）爸爸！爸爸！

你爸爸曾是纳粹，可你说他是和平主义者！

你爸爸曾是和平主义者，可你声称他是纳粹！

你爸爸曾是和平主义者，可你声称他是犹太人！

汤还没好。汤老早就要翻了，现在它翻了。请原谅。你给我讲了为什么，可我还是没明白。我们应自己喝光，因为没孩子，没家，没那帮人，没有我们可防的东西吗？你是指这个吗，我那靓丽的女友？我躺在烤炉里，孩子们躺在他们的平锅里，是我把他们打到锅里的，像做荷包蛋那样。好吧，反正我们什么都没剩，我们就给我们铺理性吧，这样我们至少还可以对它进行探讨！它是唯一没在什么地方躺着等死的东西。

我量错了，我想，我再好好铺铺理性，可它根本不够我们俩用的。你在烤炉里不错。没有我可以展现自我的炉盘了。我想，我得亲自把我点燃。一个古老的法子。但有用。

你开始丈量时就应把损耗算进去。

对此我没判断力。

可你不断地说判断。

就算是吧，可奇怪的是它们完全无效。我注意到了。

就是说，我注意到，对一个活人来说，加入影子的队伍不困难。比我想象的容易。一个炉灶。一支烟。一件尼龙睡衣。光洁的皮肤。人们什么都可以买并用它们做一顿可口的饭菜，哪怕它们看起来不搭配。影子没到我们这儿来，那么我们去他们那儿。这样他们至少真有抱怨的理由。他们抱怨的不是他们的命运，而是他们从现在起得和我们共命运。与此同时我们给他们带来饭菜。这样他们就能回忆。他们就能回忆起他们不是孤独的。

不管他们回想起什么，肯定不是我们。我们总是带来饭菜，甚至在我们自己都是饭的时候也这样。他们没回家，那么我们去他们那儿，给他们带去。血。那些影子。只有我们这些活人来回奔波时才叫难。这是单程票。上面特意写着，我检查了。在检票时又让人验了票。从死人那儿活着回来是最困难的。就为了告诉一个人：这个行李车您不能带到机舱里！连复活都更容易些，因为复活的人不在活人中，他没完全回来，他处于阴间与阳间的中间地带。好不让任何人能对他说三道四，因为没人看到他在那儿。因此人们读了一大堆有关他的东西。和我们完全相反，因为我们恰恰要在身后清楚地被人看到！这是什么隐形墙呀，对我们一点用都没有！我们想让人看到，想让人配上相当好看的花色配菜把我们端上来，英格有件溶化的内萨斯①衬衫，我是说那喀索斯②衬衫，这衬衫没人送给她。她得自己在帕尔玛斯店买。这些女人什么都要自己买。对不起，英格。可是我说的是事实。如果复活的人真的回到人群中那才叫酷。我们的女英雄们活得不像他那么难，我们只需一直往西走，我认为是科德角，最远那个点，再远没必要了，就掉海里了。因为人们辨别不出方向。然后我们就一直煮我们的血汤，可没人要它，太阳也不想给它加热，开关也不想把它打开，睁眼瞎不想为我们喝光。那么然后呢？那么然后呢？然后我们来。然后人们就知道这样做还是值得的，然后死人到我们这儿来我们到他们那儿去。可先来的是爸爸（两个女人疯了似的大喊大叫：爸爸！我的天呀！爸爸！天呀，爸爸！你干了些什么？爸爸！等等），然后妈妈来，然后希望特蕾泽来。太晚了，总是这样，结果她照直跑进她预言发生的事件中，碰得头破血流。可

① 内萨斯（Nessus），希腊神话中半人半马的怪物，因企图夺走赫拉克勒斯之妻，被毒箭射死。

② 那喀索斯（Narzissus），希腊神话里的美少年，因拒绝回声女神的求爱而受到惩罚，死后化为水仙花。

没一个女英雄从里面爬出来。她看到，她看到了你看不到的东西。仅此而已。很可能我们什么都知道了她就来了。谁死谁没死。妈妈爸爸会客气地吃饭，可以这么说。可特蕾泽，她挑食。她偷着乐，就像冲着还没打扫的房间乐，她想借口看电影逃出这房间，好不用洗碗。她偷着乐，就像冲着一个快活的先生乐，她想张开臂膀跑过去，这样就不用在自己家打扫房间了。都是幻觉。突然我们停止端着饭往下跑，因为我们爬上了我们没看见的墙。

可我们看见它时，墙，我们已经躲不开它了。我们不能和它打交道。它是透明的，完全透明，可穿过它是不行的。快点上去吧。只能这样。我们给死去的英雄带来吃的了。我们必须这样做。（她们大喊）爸爸！爸爸！

我爸爸是犹太人。

不，他不是。他是纳粹。

不，他不是，他是和平主义者。

太平洋的？不，他不是，另外一个人是。他是另外一个人。这里这个人不是明星可以去游泳的俄刻阿诺斯[①]，他只是奥托，固执的糖尿病患者。这对你来说不够。连自己的糖尿病他都不想了解。这点是肯定的。他本可以继续活下去。一片海洋想接纳被我们养活、继而又死去的英雄不一定就是太平洋。死人不一定就是英雄。海洋是杀人后再把死人吞下去的海水。可其他海洋也喜欢接纳英雄。我们想被什么东西吞掉，可我们想在吞掉后还清晰可见。甚至比吞掉前还要清楚。那边小型飞机里的三个人，看到了吧，它也要了他们。那片环地球流淌的海洋。真不可思议。一个人刚开始做点什么，几千个漂亮的女人就盯上他了，然后还跳进去。她们脱衣服的借口之一。尽管如此。和滑翔飞行员的事不值一提。只是很少一部分，不多。而那边，几乎有两百个。我们的下场？和污垢斑斑旧餐具中的剩饭菜坐在桌子旁？然后让整片海洋待在上边？不，还没铺床前赶快下床，不，下床，铺床，抢过来穿过的衣服，扯破了，套上，对了，我们忘记穿连裤袜了。随便吧。我们能和谁就我们的外表进行沟通？没人。

那儿有一条脏内裤，那是一只袜子，有人把表放在这儿

① 俄刻阿诺斯（Okeanos），希腊神话中的大洋河流之神。

了，表带很脏。这件T恤衫臭得要命，就像一个运动员碎尸，可它基本上充满活力。否则不会这么臭的。我有一手，我可以判断这件内衣得洗了，而且马上，立刻，这是真理，是谬误，是认知，是高估，是低估我们备受赞誉的总结分析能力。对一切事物。你认为来过这里的人是英雄吗？你认为英雄过去也是吗？

但愿不是。否则我们送饭送得太晚了。我觉得特蕾泽根本不会来了。连个歉也不道。也许她认为没必要向我们道歉。友谊的变种，她以为我们反正都知道了。

就这样。这是第一稿。第二稿我索性丢了它。第三稿永远不会有。我们能理解的一切都在餐具中。对我们来说这就够了。

两个端着盛满血的器皿爬墙的女人到了上面的岩石上。她们气喘吁吁。

上面还坐着一个人，全身缠着绷带，连脸上都是。他靠着一根滑雪杖（或两根，像在北欧滑雪竞走），他戴着一副时髦的深色太阳镜。他在一张纸桌旁用纸餐具吃东西。两个女人休息了一会儿后奋力登上岩石，把血汤拿出来，倒进纸杯和纸盘中。血流满地，顺着岩石流了下去。两个女人拿着血做的儿童甜点心。

那个人说的话几乎听不明白，因为整张脸都紧缠着绷带。这个段落，或以下段落也完全可以打到滚动字幕上显示。

你们问我的问题很简单，可还是要告诉你们。话说得再可怕不过了。所以我特别要请大家安静一下，因为我不能再重复：你们现在允许哪个死人走到血碗这里来，他就会告诉你们实情。但你们拒绝谁，谁就会默默地回去。

下面段落里他们一起用纸餐具吃点心。可以说他们像孩子那样玩“过家家”。

从一台老式收录机里我们可以听到一个男子的声音充满激情地朗读：

两个伙伴紧紧抓着牲口的腿，结果割断喉咙的头耷拉下来。

您可是看见了，女士们，先生们。俄底修斯[①]，把脚放在挖沟挖出的土堆上，左胳膊放在大腿上，他用来抵挡影子的剑右手举着，在倾听令人敬仰的人物说话，他是弯着腰的睁眼瞎。您可是看见了，女士们，先生们。白发表明他上了年纪，左手的拐杖表明他是瞎子。您可是看见了，女士们，先生们。苍白的影子中有几个穿黄衣服的女人和三个站在旁边的人物引起了我们的注意。您可是看见了，女士们，先生们。女人是安提克蕾娅，俄底修斯的母亲，他和她痛心交谈，还有一排女主角扮演者，她们是许多英雄的始祖，俄底修斯和他们一道征战去特洛伊。您可是看见了，女士们，先生们。可男人们也许是阿伽门农、阿喀琉斯和埃阿斯[②]，俄底修斯和他们招致了他们悲惨的结局。您可是看见了，女士们，先生们。

与此同时我们听到一个很轻的声音，一定要用古希腊语！是个轻柔的女声，也许是个孩子，城里的女生，如果女演员们，或至少有一个女演员说出或读出赫西俄德[③]《神谱》（页一五五）中下边这段很美的话来那是最好不过的：

---

① 俄底修斯，又译尤利西斯或奥德修斯，是古希腊史诗《伊利亚特》和《奥德赛》中的英雄人物。
② 这几个人均为荷马史诗中的英雄。
③ 赫西俄德（Hesiod），公元前八世纪的希腊诗人。

在天神和地神生的所有子女中，这些孩子最可怕，他们一开始就受到父亲的憎恨，刚一落地就被其父藏到大地的隐秘处，不让见阳光。天神十分欣赏自己的这种罪恶行径。但是，广袤的大地内心悲痛，哀叹不已，于是想出一个巧妙但罪恶的计划。她即刻创造了一种灰色燧石，做成一把巨大的镰刀，并拿给自己可爱的孩子们看，并鼓动他们（因为她内心很悲伤）道："你们，我的孩子们，你们有一个卑鄙的父亲，如果你们愿意听我的话，让我们去惩罚你们父亲的无耻行径吧！因为是他最先想出做这些无耻之事的。"听她这么一说，孩子们都很害怕，没人敢开口。但高大、狡猾的克罗诺斯鼓起勇气立刻回应了亲爱的母亲："妈妈，我敢做敢当，我会对父亲毫不留情，因为他不配做父亲，是他最先想出无耻行径。"听了克罗诺斯这样的回答，地神该亚欣喜万分，让他藏在一个地方，交给他一把缺口如锯齿的镰刀，并向他和盘托出了整个计划。伟大的天神乌拉诺斯来后，让夜幕笼罩大地，他渴求爱情，拥抱大地该亚，整个身子压在她身上。此时，克罗诺斯从藏身处伸出左手抓住他，右手握着那把有锯齿的大镰刀，飞快地割下父亲的生殖器，把它往身后一扔，扔飞了；父亲的"宝贝"从他手里也没白掉下，因为血滴入大地，该亚受孕了，随着季节的更迭，大地生出了强壮的厄里倪厄斯[①]和穿戴闪光盔甲、手执长矛的巨人，还有仙女，即在无垠大地上被称为墨利亚的自然神女们。

① 厄里倪厄斯，希腊神话中复仇三女神的总称。

地下王妃

（代后记）

人们对仪式没什么可指责的。仪式上做出各种姿态，每个人都看得懂，但每个人做出的解释不同。英国女王在戴安娜生前没能制服她，死后在她灵柩前鞠个躬是认输（也借此向明察秋毫的民意缴械），还是屈服于死亡巨大的威慑？死亡毕竟统治着所有人，包括统治者自己。出殡时人们总是对着灵柩鞠躬，男人脱帽。教堂里所有人的头上都是这样的帽子，很悠闲的样子，有的还有羽饰，但有那些石头与玻璃作背景，这一切看上去都是累赘，沉闷。硬东西软东西。埃尔顿·约翰歌中的风中蜡烛、英伦玫瑰和葱郁山峦。软物如马的身体，硬物如马拉的棺木。用轿车可能更好，可车太硬，不能与覆盖王室旗帜的硬棺木形成对比。一小束洁白的百合花，花中卡片上写着“妈妈”。众多人轻轻走过的草坪和场地，还有路边被人体压得沉闷的街道、荡来荡去的羽饰、威尔士宫卫兵柔软的熊皮帽子。甚至空气都变得沉闷，倒不会随时穿透或裂开，而是像用毡子包的鼓槌敲钟，每隔几分钟就敲一下。

生前就已超脱尘世的女人，现在得入地。但是在她面带微笑离去前（弟弟会在悼词中说她的碧眼“绝美”，笑眯眯的，闪闪发光），与她同时消失的还有那一头金发，我想，这种金黄，这种亮丽的色彩更胜天然的一筹，这头亮发也要入地，聚合在一起的人大多数一生都黯淡无光，她的亮发反射给他们另外一种光，可这次却是假的，就像见证了玛丽莲·梦露（埃尔顿·约翰把歌从她那儿拿走[①]）下葬的人特意提到那一绺又亮又粗的头发，盖棺时它完全露了出来，似乎心有不甘。戴安娜符合哪种原型？这个原型能让黑暗与明亮走到一起，所用的方法就是让悼念的男男女女、芸芸众生在某种程度上认识了自己，也许是第一次，与此同时也让每个人知道他能左右权贵。S.，精神病女医生认为是珀耳塞福涅[②]，得墨忒耳的女儿，她不得不下黑暗的地狱（去了冥府，去找阴森森、“无情的”女王，去找她那同样阴森森的儿子，冥府里把影子投到墙上的阴魂比那些运动的或被什么运动的阴魂重要），她是出于国家利益（让自己

① 《风中之烛》曾是埃尔顿·约翰献给玛丽莲·梦露的歌。

② 珀耳塞福涅（Persephone），被冥王哈得斯劫走做冥后的仙女。她也是春的女神，下文的“谷物女孩”也是说她。

受孕，这样统治者可以香火不断）被“劫持”而来，在这里她是真正的女王，是掌管照片的女王，聪明、自信、有条不紊的她运用的管理方式就是把她的照片一口一口地分给人们吃，好让照片也受孕，方法就是这些人把自己的照片打印在她照片上；摄影师也好，狗仔队也罢，有的偷拍到了什么，有的则一无所获，可这帮人不知什么时候还要乱咬，因为他们已习惯获取什么，哪怕是零星的东西，从女神那里。在神话里冥府女王和这个女孩（科拉）、真正的女孩化为一人，她只扮演这个女人的角色，始终保持着贞洁，哪怕所有人都追她。可以说她向世人展示头上麦穗般金黄的头发就像天主教神父手捧着圣体匣，再加上还有两个儿子能证明自己的生育能力，所以在她生前总要不断下地狱，因为生育也要有地狱的恐怖，要有绝对黑暗的恐怖，可只是为了能孕育出什么。谷物女孩甘愿受控于阴着脸的王子（此外还有：一个阴森森的情人，其出身可疑，危险，致命——武器经营商出身？其生活转变也令人“生疑”），好让其照片里的人永生。这个女孩不想叫人死，所以参与清除地雷和武器的斗争，这些武器主要消灭柔软、“手无寸铁”的百姓肉体，而其他武器还能摧毁剩余的一切。

这个死亡是真实的，可因为女神不朽，所以它在某种程度上也是不真实的。死亡发生了，它可能没发生。真实的东西不是现实的东西。隧道里的死亡是真实的（哪怕有些人怀疑它的真实性，真的相信戴安娜和她的情人现在与埃尔维斯[①]融为一体了，三个人当然都活着），可它还是看上去的那样吗？换句话问，死亡是真的吗？这里是否有“不对头的地方”？一定有什么不对头的地方。正像亮丽的金发（越来越亮丽）早不是“真发”一样，这头金发也不因在成千上万张照片和影片中真实地存在才耀眼迷人，而是因为它属于一个躯体，可这个躯体立刻走开，让你摸不到它，哪怕王妃尽了力，让自己成为人民的王妃，被“抚摸”的王妃——攻击某人和抚摸某人在德语里是一个词，这个躯体虽然受到伤害，几乎饿死[②]，像处于冬眠状态，但又重新露出地表，像春天里的花朵，突然真的成了字本义的躯体。一个变得可以触摸的王妃，一方面她可以保持王妃的身份，否则没人对她感兴趣，因为我们自己不是王妃，可另外一方面也多少丧失了这一身份，因为她不再让人神魂颠倒，还重新有了下身。下面被捅破，好让人能看到点什么，好让我们大家都能看到点什么：这一点阴着脸的王子没能做到，因为他不

---

① 埃尔维斯·普雷斯利（Elvis Presley，1935—1977），即美国摇滚乐明星“猫王”。

② 可能是指戴安娜王妃的厌食症，下面说她的身体连自己的饭都不想保存，或许也是暗指厌食症。